長編超《スーパー》伝奇小説
書下ろし
魔界都市ブルース

菊《きく》地《ち》秀《ひで》行《ゆき》

幻《げん》視《し》人《びと》

NON NOVEL

祥伝社

CONTENTS

第一章　逃亡者の視《み》る夢　9
第二章　夢視るふたり　35
第三章　死を呼ぶ幻覚　59
第四章　幻視戦略班　83
第五章　月見に出る　109

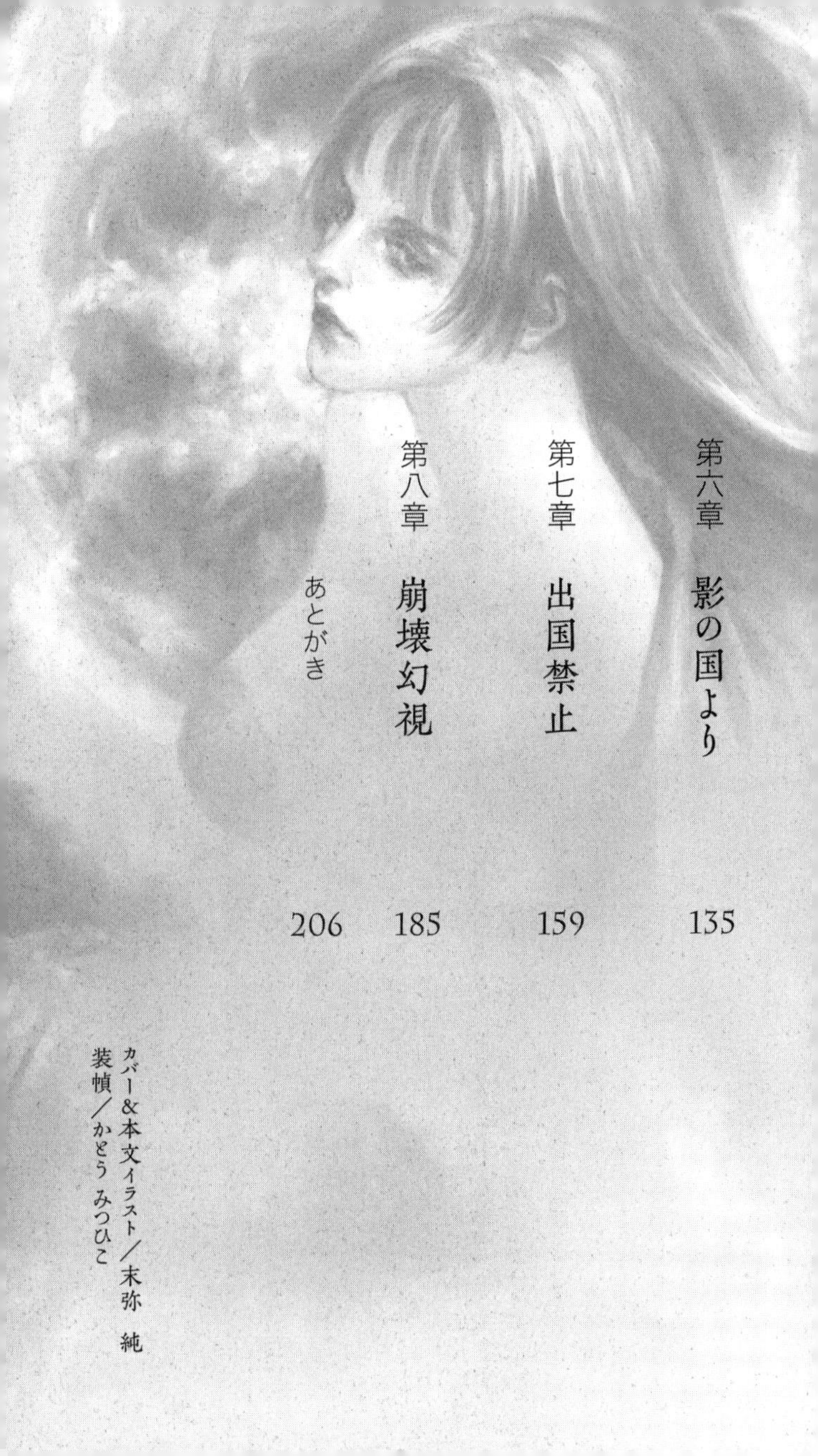

第六章　影の国より　135

第七章　出国禁止　159

第八章　崩壊幻視　185

あとがき　206

カバー＆本文イラスト／末弥　純

装幀／かとう　みつひこ

二十世紀末九月十三日金曜日、午前三時ちょうど――。マグニチュード八・五を超《こ》す直下型の巨大地震が新宿区を襲った。死者の数、四万五〇〇〇。街は瓦礫《がれき》と化し、新宿は壊滅《かいめつ》。そして、区の外縁には幅二〇〇メートル、深さ五十数キロに達する奇怪な〈亀裂〉が生じた。新宿区以外には微震さえ感じさせなかったこの地震は、後に〈魔震《デビル・クエイク》〉と名付けられる。

以後、〈亀裂〉によって〈区外〉と隔絶《かくぜつ》された〈新宿〉は急速な復興を遂《と》げるが、その街を産み出したものが〈魔震〉ならば、産み落とされた〈新宿〉はかつての新宿であるはずがなかった。早稲田《わせだ》、西新宿、四谷《よつや》、その三カ所だけに設《もう》けられたゲートからしか出入りが許されぬ悪鬼妖物がひしめく魔境――人は、それを〈魔界都市“新宿”〉と呼ぶ。

そして、この街は、哀しみを背負って訪れる者たちと、彼らを捜《さが》し求める人々との物語を紡《つむ》ぎつづけていく。あらゆるものを切断する不可視の糸を手に、魔性《ましょう》の闇を行く美しき人捜し屋《マン・サーチャー》――秋《あき》せつらを語り手に。

第一章　逃亡者の視《み》る夢

1

十数年ぶりの厳冬が〈新宿〉を襲っていた。

連日、白いものが降り注ぎ、それだけでは申し訳ないと、天帝《てんてい》が風神《ふうじん》に命じて、強風も送り出した。

道路も表面は凍結し、スリップしたタクシーと乗用車は通行人を撥《は》ねとばし、トラックとバスは家や店舗に突っ込んだ。

大きな問題は、電線や軒《のき》から垂《た》れ下がった氷柱《つらら》であった。真下を通りかかった人々の頭頂《とうちょう》を貫《つらぬ》いたのは、単純な自然現象ではないと判断され、〈区役所〉のドローンが総出で雪の杭《くい》を打ち砕《くだ》いた。

雪を凶器と変えたものは、さらに広範囲に〈住民〉を翻弄《ほんろう》した。

視界を白く染められ、目標を失った人々は、大通りから立ち入り禁止の路地へと迷い込み、骨の髄《ずい》も凍りつくまでさ迷い歩き、夜を待たずに息絶えるのだった。

吹雪《ふぶ》き出した初日に、凍死者は三〇名を超し、急遽《きゅうきょ》〈メフィスト病院〉へ搬送されたものの、七人が還《かえ》らなかった。

人々は冬の空を哄笑《こうしょう》して吹き抜ける白魔《びゃくま》を幻視《げんし》せざるを得なかった。

何よりも、十二月のある午後に、〈早稲田《わせだ》ゲート〉を渡って来た娘こそ。

腰までかかる黒髪に、白い宝石をちりばめた、青いコート姿は、駐車中のタクシーに乗り込み、

「〈十二社《じゅうにそう》〉の〈秋《あき》せんべい店〉へ」

と告げた。

〈明治《めいじ》通り〉へ入ってすぐ、運転手は、

「お客さんも悪いときに来たねえ。〈新宿〉の雪はただの雪じゃねえ。〈白魔〉ってのが取り憑《つ》いてやがる。今日も二〇台近くが事故ってます。なるたけ早くやりますが、多少の遅れは勘弁《かんべん》してくださいよ」

娘は白い雪を払い落としながら、こう応じた。その美貌《びぼう》と裏腹な抑揚《よくよう》のない口調は読経《どきょう》を思わせた。

「大丈夫——私の選んだ車です」

タクシーは乗り場についた順に乗車する。この娘が後の二人に先を譲ったのを、運転手は覚えていた。

「あ⁉」

熱《ヒート》ウインドウの前を走っていた一台が、大きくスリップして右のレストランに突っ込んだ。

「やったあ」

と口走ったそばから、さらに前方で炎の塊《かたまり》が宙へ昇って行った。

「あそこはガソリン・スタンドだ。危《やべ》え。お客さん、じきに消防車やら何やらが駆けつけて来て、ここは通行困難になる。次の角で曲がりますぜ」

「ええ、左へ」

「へい」

と応じてから、運転手の心臓が太鼓《たいこ》のような音をたてた。

〈十二社〉は、この先の〈靖国通り《やすくに》〉か〈新宿通り〉を右折して〈大ガード〉をくぐり〈西新宿〉へ出た先だ。

「左折」してから二本の路地を抜けて、もう一度〈明治通り〉を渡り、一気に〈大ガード〉近くまで辿《たど》り着くルートは、彼を含めて数人しか知らない極秘ルートであった。路地はどれも、彼らだけが「通行料」を払って通行を許可される「私道」なのである。

——それを、この女はどうして？

幽霊でも乗せたのかと、バックミラーを覗《のぞ》いたが、ひっそりと前方を見つめている品のある美貌におかしな気配は感じられず、車は晴天より一〇分ほどの遅れで目的地に到着した。

「は？」

とせつらは、久方《ひさかた》ぶりに少し眼を見開いて、炬燵《こたつ》の向こうのサングラスをかけた娘を見つめた。

名は森下春奈《もりしたはるな》――三時間ばかり前に、ニューヨークから成田《なりた》に着いたその足で、ここを目指したという。職業はモデル。ただし、日本での実績はないし、アメリカでも数冊の二流グラビア誌のカバーを飾ったきりだ。

その後で、せつらは、

「――で、ご用件は？」

と訊《き》いた。

何千回繰り返したかわからない問いに、娘――春奈は、初回の称号を与えられるべき答えを返した。

「私を捜《さが》さないでください」

せつらの開いた眼《まなこ》が閉じられる前に、

「事情を説明します」

と春奈は言った。

表情に乏《とぼ》しい顔立ちと抑揚のない声に隠された切《せつ》迫《ぱく》感が、せつらに、

「はい」

と言わせた。

「私――追われています」

と春奈は切り出した。

それはよくあることだ。誰もが運命に追われていると言えば言える。

「相手は、アメリカ国防総省の、超能力《ESP》研究戦略局――そこの〝幻視戦略部隊〟《ストラテジック・フォース・オブ・ザ・ヴィジョン》です」

「〝SFOV〟」

とせつらはつぶやいた。

「ご存じですか？」

春奈の無表情が少し崩《くず》れた。

「いえ」

「はあ」

崩れた美貌は、元に戻らず、薄く不信感を広げた。

「何です？」

「あの――〝幻視《ヴィジョン》〟を研究し、戦略的な利用を研究する部隊です。国防総省の一部ですから、正確に

は軍ではなく、いわゆる秘密組織です」

「で、何をやらかすので？」

「〝幻視〟ってご存じ？」

少し疑い深そうに訊いた。

「ええ。この街には幾《いく》らもあります」

春奈はますます困惑した。具体的に言うと柳眉《りゅうび》を寄せた。

「本当ですか？」

今度はせつらが、また眼を少々開いた。

「この街のことは？」

「幽霊《ゴースト》や怪物《クリーチャー》がいっぱいいると」

「はあ」

「それと——そんな連中も、区別されずに暮らしていける街だって」

せつらの眼が元に戻った。

「この街にいる人たちは知りませんが、私は視《み》てはならないものが視えるんです」

「ほお」

感心したかどうかよくわからない口調に、春奈は不信の色を濃くした。

通常の〝幻視〟とは心理学用語で、存在しないものをありありと見る現象を意味する。

これは視覚のみであり、例《たと》えば妖物《ようぶつ》等を幻視した場合、それに触感や匂い——嗅覚《きゅうかく》が附随《ふずい》すると、共同幻覚と呼ばれる。

幻視の対象は「物」のみではなく、「状況」も含まれる。米一六代大統領リンカーンは、自らの葬儀の光景を〝幻視〟したとされる。この場合は、参列者の泣き声も〝幻聴〟されたという。

これらは〈新宿〉にざらに存在する現象だ。だが、視てはならない幻視とは？　この娘の背後に迫るものは、その正体を知っているのだろう。

「何を？」

とせつらは訊いた。

「世界の破滅です」

「はあ」

せつらは正直、何だ、と思ったかもしれない。世界滅亡を幻視する者など、〈歌舞伎町《かぶきちょう》〉の通行人を三、四人捕まえれば、ひとりか二人はいるはずだ。改装された〈噴水広場〉で、悔い改めよ、とアジっている新興宗教の主張の、ほとんどはこれがもとになっている。

いわく、核戦争で世界は炎に包まれる。いわく、エイリアンの襲撃で人類は皆殺しにされる。いわく、巨大隕石《いんせき》の激突で地球は木《こ》っ端《ぱ》微塵《みじん》。いわく

――

人は己《おの》れに溺《おぼ》れて死ぬ

「いつ？」

「わかりません。でも、長いことはありません。長くても一週間以内。みんな、それくらいで起こっています」

せつらの問いは、いつ視たのかではなく、いつ起きるか、の意味だ。春奈の答えもそのとおりだ。呼《い》吸《き》は合っている。

「食い止められるの？」

「どうしてそう思えるんです？」

「滅《ほろ》びが決まっているなら、視た者を追いかけても無駄だ」

「食い止めるヴィジョンも視たんです」

「ほお」

「この街の破滅」

「ほお」

「驚かないんですね」

「一度、滅びた街」

「そう――か」

「〈新宿〉が消えれば、世界は救われる？」

春奈はうなずいた。せつらの知らぬ花の香りが空中に広がり、すぐに消えた。

「それでも放っておけばいい。それで世界は救われる」

「私は何も滅ぼしたくありません」

春奈はきっぱりと言った。

「〈新宿〉を救って、世界を救うことができればいい。もしも、どちらかを選べと言われれば、私はこの街を去ります」

「すると、ＳＦＯＶの目的は、救世主になることと？」

「そうです。私だけが、そのやり方がわかるんです」

「どうやる？」

　さすがにせつらも興味が湧いたらしい。

「まだ、わかりません」

「はあ」

「私の〝幻視〟は何もかも気まぐれなんです．いつ現われるかもわからないし、その止め方だってすぐには。〈新宿〉の最期を見た瞬間、これで世界は救われるとわかりましたが、〈新宿〉のみを救うヴィジョンも眼にしました。でも、その救い方がわからない。それで〈新宿〉へ行かなくてはならないと思ったのです。でも、私はずっとＳＦＯＶに監視されていました。彼らはきっと追って来ます。だから――」

　せつらへ春奈捜索の依頼があっても、受けないでくれと哀願しに来たのだ。

　ふと浮かんだ考えを、せつらは口にした。

「世界を見放しても〈新宿〉を守りたい？」

　とせつらが訊いた。

　春奈はひと呼吸《いき》入れて、

「私みたいな人間でも、生きていける場所で暮らしてみたいのです。できたら一生」

「…………」

「私はこの街に隠れます。絶対に捜さないと約束してください」

「できない」

　せつらは、あっさりと言った。

「どうして？」

　眉《まゆ》をひそめる春奈へ、

「君の言い分が正しいと証明できない」

「何を企《たくら》んでいるかわからない？」

「そ」

「証明はできません——今は」

明らかに無念の口調で伝え、春奈は立ち上がった。

せつらに近づき、その肩に触《ふ》れた。せつらが放っておいたのは、何の害意もないと判断したからだ。指には力がこもっていた。

「ごめんなさい」

声と同時に手も離れた。

通りへ出るコート姿を見送り、せつらは六畳間へ戻った。

これが幻視者＝森下春奈との出会いであった。

春奈の関係者が現われたのは、二日後の朝であった。

「ベン・ケイシーです」

と炬燵の向こうから名刺を差し出して来た。

八〇を超した老人斑《ろうじんはん》だらけの老人であったが、〈新宿〉と同じ雰囲気を湛《たた》えていた。それも道理《どうり》
「ご存じでしょうか。エドガー・ケイシーの息子です」

せつらもその名は知っている。

恐怖の大王による世界破滅を予言したミシェル・ノストラダムス、ケネディ大統領の暗殺を予言したジーン・ディクソンとともに世界三大予言者のひとりとされる怪人だ。

眠れる予言者の別名どおり、昏睡《こんすい》状態中に当人とは別の人格が現われ、発した予言《リーディング》は、すべてカリフォルニアの「研究と教化のための協会」に納められている。輪廻転生《りんねてんせい》思想が色濃い予言の多くは、心《しん》霊《れい》治療、未来予言、過去遡行《そこう》等に及び、ケイシー自身は前世をアトランティス人、ペルシャの王、古代ギリシャの化学者であったと主張、心霊治療において、患者の病《やまい》の程度とその部位を正確に言い当て

られるのは、化学者であった前世が、全宇宙の出来事を記録した「アカシア記録（アカシック・レコード）」を読み耽《ふけ》った結果とした。

「存じてます」

　とせつらは応じた。

「ですが、息子さんたちはもう」

「兄たちは亡くなりました。私は、母が違います。ですが、父の能力は、誰よりも強く受け継いでおります」

「はあ」

　それで？　と切り出すと、老人はその素姓《すじょう》にふさわしい――〈新宿〉以外の市井《しせい》の人々が聞いたら耳を疑うべき内容を口にしはじめた。

「春奈のことは、三歳の頃に父から聞かされておりました。ですから、今回の出来事にも驚いてはおりません」

「はあ」

　せつらは淹《い》れたての煎茶《せんちゃ》をひと口飲《や》ってから、偉大なる予言者の息子の言葉に耳を傾けた。

　老人――ベン・ケイシーも、異国の菓子を意に介さず、ばりんとひと噛《か》みしてから熱のこもった口調で話しはじめた。

2

「事の始まりは、一九三六年の夏、日本人の患者にリーディングを施《ほどこ》していた父が、突如《とつじょ》、興奮状態に陥《おちい》ったのです。父は日本人を指さし、『おまえの孫娘は、私を遥《はる》かに凌《しの》ぐ霊能力を有している。彼女は、この世界の命運を握る幻《ヴィジョン》を視続けるだろう。そして、それ故《ゆえ》に、生命《いのち》を賭《と》した戦いに巻き込まれなくてはならん。そうなったなら、彼女を日本へ送れ。日本の〈新宿〉へ』
　これだけ言って、父はリーディングも忘れて丸一週間眠り続けました。通常は覚醒後、何も覚えていないのですが、その時は、はっきり、世界の終末の姿を視たと言い、あの男の孫娘を守れと私以外の三人の息子――ヒュー・リン、ミルトン・ポーター、エドガー・エバンスに命じました。しかし、具体的に手の打ちようはなかった。日本人――三原葉介《みはらようすけ》の娘・知也子《ちやこ》は、結婚もしていなかったからです。そして、彼らが取った手段は腹違いの兄弟――私を捜し出して、三原家を監視させることでした。秋さん、あなたの身体《からだ》中に隠してある細い針金のようなものは何でしょう?」

「ここのところ、変わったお客が来る――透視能力《クレアボワイヤンス》?」

「左様で。多少は衰《おとろ》えましたが、五〇キロ以内ならまだまだ」

「遠隔透視」

「それゆえに厄介事《やっかいごと》を押しつけられましてな。私はサンフランシスコの三原家を、モントレーから見張りました」

知也子が結婚したのは、四カ月ほど後であった。


「相手は同じ日本商社にいた森下悠二《ゆうじ》――春奈が生まれたのは、それから一〇カ月後でした」

その能力ときたら――と、ケイシーは話を続けた。総身《そうみ》が震えていた。彼はハンカチを取り出して、額《ひたい》の汗を拭《ふ》いた。

「私はモントレーの病院での春奈の誕生も透視しました。勿論《もちろん》、出産シーンだけは避けました。しかし、その必要はなかった」

彼は両眼を押さえた。

「その瞬間、透視している視界に、凄《すさ》まじい力《パワー》が叩《たた》きつけられたのです。加齢による軽減もない全エネルギーの直撃でした。お蔭《かげ》で私の透視力は、それからの一〇年間、半分に落ちてしまったほどです」

「…………」

「〝幻視〟のエネルギーは私も知っていますが、あれくらい凄まじい衝撃は、今日まで出くわしたことがありません。春奈が途方《とほう》もない素質の持ち主であることは、それでわかりました」

ケイシーはしゃべるのをやめて、ひと呼吸《いき》ついた。荒い呼吸《こきゅう》が、隠しきれない感情を表出していた。恐怖を。

「何を視たんです?」

せつらは、ぼんやりと彼の方を見た。

「やめてください。その眼で見つめられると、頭までおかしくなりそうだ。そうだ、あなたの顔と、あのとき目撃したもの——どっちが甚大《じんだい》な影響を及ぼした? でも、私が何かを視たと、なぜわかりました?」

「幻視」

「おお、そうでしたね。そのとおりです。春奈が視たものを私も視たのです」

「それは?」

「それは——」

老人は湯呑《ゆの》みを取り上げて、ひと口飲んだ。一気に飲むには熱すぎる量だった。口内火傷《やけど》は間違いない。

意にも介さず——というより、肉を灼《や》く熱も忘れ果てたように、しっかりとした声で、

「世界の破滅です」

と言った。

それは、突如、数十キロ彼方《かなた》の病室のドアを眺《なが》めていた現実の網膜《もうまく》を灼いた。

それなのに視えた。


ベン・ケイシーが話を終えたとき、せつらは眼を閉じていた。いま語られた光景が網膜に灼きついているようでもあったし、降りつもる雪音に耳を傾けているようでもあった。

謝罪のように頭《こうべ》を垂れていた老透視者は、徐々《じょじょ》に顔を上げて、せつらを見た。

「この話はこれまでに三度しました。他の息子たちに一度、国防総省のトップたちに一度、もう一度は、引きこもろうとしたアイダホの田舎《いなか》町のバーで。みな、失神しかかった。耳から入って鼓膜《こまく》を震

わせただけの物理現象じゃないのです。みな、目撃してしまったのです、私のように。息子たちは全員、半年寝込んだ。トップたちも同じでした。彼らが国家機関の活動に関わっていない名誉職ばかりだったのは幸運でした。アイダホのバーの客たちのひとりは、家に戻ってすぐショットガンで生命《いのち》を絶ったのです。だが、私にはそれも許されなかった。父親に、偉大なるエドガー・ケイシーにこう言われたからです。『おまえは、最後まで見届けることになる』、と。だから、私は気も失わなかった。自殺もできなかった。しようとしても、弾丸が不発だったり、車の前にとび出そうとしたら、足が滑《すべ》ってしまったりしたのです。幸運などではありません。運命が死を許さないのです」

老人の肩は瘧《おこり》のように震え、両眼から涙が落ちた。

「私は今も死んでしまいたい。あの光景を記憶に残しながら生きるのは、真の生き地獄です。でも――」

血走った眼の中心に、せつらの顔が玲瓏《れいろう》とゆれていた。

「でも――何故《なぜ》です？　あなたの顔は地獄の恐怖を忘れさせてくれる。美しい。世界を統《す》べるのは、神でも悪魔でもない。美しさなのですか」

「さて」

せつらは茫《ぼう》たる答えを茫洋と返した。

「ご用件を」

「春奈を捜してください」

疲れきった声である。外では雪が舞っている。

「どうするつもりです？」

「殺します」

「ほお」

「私にはわかるのです。世界を救うには、あの娘を殺すしかない、と」

「間違いない？」

「ありませんな」

〝眠れる予言者〟の息子は、言いきった。

「では、お引き受けします」

「ありがたい。〈魔界都市〉一のマン・サーチャーと聞いています」

「失礼だが――透視能力をお持ちなら、ご自分でお捜しになったら？」

「それはしたくありません。引導《いんどう》は私が渡すにしても、捜すのはあなたにお願いしたい」

ケイシーが出した名刺を、せつらは受け取った。

「確かに」

握手をして二人は別れた。

「どいつもこいつも」

少しして、せつらはぼんやりとつぶやいた。

「人の街だと思って、気楽に滅ぼすな」

その晩、せつらは別件で〈区役所〉へと向かった。

念のためサングラスをかけたが、一階の玄関から入るや、たちまち職員が気づき、恍惚《こうこつ》が細菌のように空中を伝わった。

奥のエレベーターで、せつらは六階へ上がった。

二人の職員とすれ違った。顔馴染《なじ》みの片方が、

「今日はうちですか」

うっとり声をかけて来た。

「誰かいますかね？」

「最低の凶悪犯がね」

「そら凄《すげ》え――〈区長〉ですね」

自分のジョークに、職員は拍手して笑った。

「当たり」

二人と別れてすぐ、せつらは足を止めた。

ドアの表面には、

〈区長室〉

とあった。

チャイムを押すと、若い女の声が、

「どなたでしょうか？」

と、チャイム下のマイクから聞こえた。秘書であ

る。丁寧《ていねい》だが口調は硬い。

「予約なしです。秋です」

女の声が急に変わった。化けたと言っていい。うっとりと――

「結構です。お入りください」

ロックが外れた。

現在の秘書は、真山《まやま》マナミである。〈区役所〉史上、最高の美女と評判だ。

「〈区長〉の趣味があんなにいいとは思わなかった」

という声が渦巻く中、小部屋のデスクに収まった二十歳《はたち》過ぎの娘には、連日、口説《くど》きメールが一〇〇〇単位で押し寄せるという。

その美女が、俯《うつむ》いている。せつらの顔を見ることができないのだ。魔法にかかってしまうから。

せつらは気にもかけず、彼女の方を見もしなかった。もう一枚のドアは開いていた。

梶原《かじわら》は、権勢誇示としか思えない黒檀《こくたん》の大デスクの向こうから、チラと顔を上げただけで、

「何の用だ？」

と訊いた。

デスクの前まで近づき、

「防衛大臣からの依頼です。妻の不倫相手を突き止めてほしい、と」

梶原の眼の前へ、分厚い封筒を放った。

露骨《ろこつ》に思い当たる節《ふし》があるという表情で、封を開き、中身――B5サイズのデジタルプリントに眼を通して、梶原はすぐに一〇枚ほどのそれを放り出した。

「ふん」

とそっぽを向いた。

「帰りたまえ」

「そっぽを向いても現実は動かない」

とせつらは静かに宣言した。

「後ろ姿だけだけど、あなただ」

「証拠があるか？」

「知り合いの透視写真店で骨組みのチェックをして

もらい、メフィストのところにあるあなたの骨格プリントと照合した。メフィストは間違いなくあなただと断言した」

「あの藪《やぶ》医者め」

「伝えておく」

「ま、待たんか――今のは失言だ。取り消す」

「認める？」

「だ、誰が。ドクター・メフィストといえど、ミスのひとつくらいは」

「それも伝えておく」

「わかった。認めてやろう」

梶原は、どんと机を叩いた。

「凄《すご》んでも始まらない」

とせつらは茫洋と指摘し、

「向こうのご主人が来るまで、身柄は拘束《こうそく》する。自宅と〈区役所〉の往復以外は、何処《どこ》へも行かないように」

おい、と梶原が苦々《にがにが》しい表情で声をかけた。


「はあ」

「知らん仲じゃないだろ。付き合いも長い。お互い、腹の底まで知り尽くしていると、わしは思っている」

「はあ」

「もっとはっきり言えば、君もドクターも、わしにとっては、同じ枝に生《な》った林檎《りんご》だ」

「はあ」

「少しは特別扱いしても罰《ばち》は当たらんと思わんか？」

「全然」

「えーい――幾ら出せばいい？」

「役人の驕《おご》りだ。長生きはできない」

「大きなお世話だ」

もう二回、トントンとやって、

「ズバリ言おう。二千万でどうだ？」

「もうひと声」

「なにィ？」

「向こうのご主人から交渉の余地もあると」

「それを早く言わんか。うーむ――二千と百万」

「恥ずかしくない？」

「何をぬかす。妥当《だとう》な値段だと思わんのか？」

「相手は自衛隊を統括している。戦車が一台、過《あやま》って〈新宿〉へ入り、過って〈区役所〉の六階へ一二〇ミリ榴弾《りゅうだん》を射《う》ち込んだ。乗員は心を病んでいた」

「むむ」

「何なら、ミサイルでも？　発射係が心を病んでいた」

「二千と二百万」

「三千万」

「二千と九百万」

「では」

身を翻《ひるがえ》す背中へ、

「わかった」

「振り込みを確認次第、この件はなかったことにするとの一筆《いっぴつ》を送って来ると。口座は、封筒の中にメモが」

「わかった」

憤然《ふんぜん》たる〈区長〉の怒気《どき》の大波を、閉じたドアに任《まか》せて秘書のブースへ戻った。

「連行なさらないの？」

マナミが訊いた。

「そんな価値もない」

「はい」

マナミはうなずいた。

ドアの前に立つせつらへ、

「あの」

「は？」

「よろしかったら、今度、お食事にでも――」

「不景気で」

「私にご馳走《ちそう》させてください」

「いつでも連絡を」

マナミは全身の力を抜いた。生命懸《が》けに近い申し込みだったに違いない。

ドアが開くと、奥のドアに何かぶつかる音がした。マナミが、ああ、と洩《も》らした。

せつらは飄然《ひょうぜん》と外へ出た。ふり返りもしなかった。二人分の怨嗟《えんさ》と欲望が煮えたぎる場所など真《ま》っ平《ぴら》だったのかもしれない。

エレベーターの方へ歩きながら、

「次は厄介《やっかい》」

とつぶやいた。

3

せつらが〈区長室〉を訪れる少し前に、〈大久保《おおくぼ》駅〉前の飲食街のあるビルを、〈機動警察《コマンド・ポリス》〉のパトカーが取り囲んだ。

一〇台。他に装甲車が二台——かなりの大捕物《おおとりもの》だと、人々は期待を込めて遠巻きにした。

観光客などわくわく顔でカメラを向けている。世界の何処へ赴《おもむ》くよりも、戦いと生と死の興奮を味わいたければ〈魔界都市〉なのだ。

警官たちの目標は、駅前通りに面した貸しビル内の麻薬工場であった。

〈新宿〉へ外から麻薬が流入することは、驚くべきことだが無い。流入阻止《そし》が完璧だというのではなく、ヘロインだのペイだのクラックだのコカインだのマリファナだのという定番より遥かに凄い効《き》き目を誇《ほこ》る品々が、発見され合成され、合法的、或《ある》いは非合法に〈区外〉へ送り出されているからだ。

一ミリグラムの摂取《せっしゅ》で、好みの幻覚世界に遊べる〝ヴィジョナリン〟、知能指数を一瞬で万倍も高めるが、使用量によって、凄まじい副作用が襲い、廃人にすらなりかねない〝ジーニアスゲン〟、三〇分に限って、弾丸から放射線まであらゆる攻撃を撥ね返す〝インモータルザン〟——これらが〈区外〉のどのような分野で利用されるかは容易に想像がつくが、問題は裏世界への流出であった。

数年前の大量流出の後一年のうちに、全世界で百万を超える廃人、錯乱者《さくらんしゃ》、死者が発生し、猛烈な抗議を受けた。国連までが乗り出したのである。

梶原〈区長〉は、居直りと平謝りの鞭《むち》と飴《あめ》で何とか乗りきったものの、さすがに懲《こ》りたか、〈区内〉での非合法な麻薬製造の徹底的取り締まりを命じた。

それでも組織的な犯罪は後を絶たず、今日はそのうちの一軒への急襲であった。

インターネットや無線通信傍受《ぼうじゅ》、及びスパイ用ドローンによって、麻薬組織は撃退の準備を整えていた。

決して珍しい事態ではないが、久しぶりには違いない大戦闘が勃発《ぼっぱつ》したのである。

製造業者たちは、ビルの出入口を中心に、通りの左右一〇メートルにバリケードを築いていた。チューブ軽合金の盾《たて》と柵《さく》に五万ボルトの高圧電流を通した棘《とげ》つきワイヤーが巻きつけられ、その向こうから、パトカーの姿が見えるや、乱射を開始した。

〈機動警官〉隊とほぼ等しい防弾ヘルメットやマスク、防弾ベルトや手甲《しゅこう》、脚甲《あしこう》を装着した男たちは、全員が笑っていた。

破れかぶれ故の虚勢《きょせい》的笑いではない。血走った眼、涎《よだれ》を垂らした口――麻薬の大量摂取によるハイ・コンディションであった。

銃声と火線《かせん》の発生とともに、パトカーのフロント・ガラスやノーズに弾痕が散った。

「短機関銃《SMG》やアサルト・ライフル《AR》ばかりじゃないぞ！　重機関銃に徹甲弾《てっこう》も使ってやがる」

「かまわん。こっちも使え――二一号装甲車！」

パトカーが歩道に乗り入れた後から、灰色の巨体が押し出して来た。

たちまち着弾の火花がちりばめられ、跳弾《ちょうだん》を受けた見物人たちが、次々に倒れていく。そこへ跳《と》び出して手際《てぎわ》よく物陰へ引っ張り込み、治療を施していく白衣姿はプロの医師や看護師たちである。近所

の医院のボランティアではない。負傷者の耳もとで、

「こんな場合の備えに、〈新宿観光局の万能保険〉へご加入ください。パンフを置いて行きます」

ドン、と下腹にこたえる砲声が上がった。〈新宿警察〉の装甲車は、五〇ミリ速射砲を搭載している。バリケードの一角が炎に包まれ、銃弾を平気で撥ね返していた合金装甲板と製造業者たちが吹っとんだ。

だが、即死した者以外は、たちまち起き上がり、合金盾の後ろに置かれた組立式ロケット・ランチャーに群がったのである。

九〇ミリ砲身に発射ユニットを取りつけ、スライドを前進させるや六〇ミリ榴弾を装塡《そうてん》する。

発射と同時に、装甲車の五〇ミリ榴弾の連射が襲った。ロケット・ランチャーと五人ほどの製造業者が吹っとぶ。装甲車のエンジン部も炎に包まれた。

真紅《しんく》の火炎が警官たちと製造業者を捉《とら》えた。どちらもレーザー・ガンを携帯していたのだ。

防弾ベストを貫かれた警官たちが次々に倒れるが、同じ傷を負った製造業者たちは、よろめいただけで即座に射ち返してくる。

あちこちに置かれたブリキ缶から、白い粉を掬《すく》い取って鼻から吸引する光景が見られた。〝インモータルザン〟だ。三〇余分間、犯罪者たちは不死身を誇る。

警官たちの前進が止まった。

後部に待機している連中を掻《か》き分けて、隻眼《せきがん》に花だらけの男がとび出した。花と見えたのは、桔梗《ききょう》や女郎花《おみなえし》や薔薇《ばら》の花を縫《ぬ》い取った背広で、ドレッドヘアの下の開いた片目は凄まじい殺気を放っていた。

「〝凍らせ屋《スパイン・チラー》〟だ！」

見物人の誰かが叫び――歓声と拍手が湧き上がった。犯罪者の背骨《スパイン》を凍らせる《チリング》スパイン・チラー――屍刑四郎《かばねけいしろう》の名は、〈新宿警察〉のＨＰにも載ってい

る。

右手に握られた大型拳銃が火を噴《ふ》いた。

何処に収まっているのか、誰も知らない巨大リボルバー〈ドラム〉であった。

応戦中の五人が殆《ほとん》ど同時に吹っとぶ。首から上は血煙《ちけむり》と化していた。

足を止めず、こちらに気づいた製造者たちへ、屍は右胸の刺繍《ししゅう》を毟《むし》り取って投げた。山茶花《さざんか》であった。

本物と見紛《みまご》う可憐《かれん》な花は、男たちの頭上で火の花と変わった。

七〇〇〇度の火球が、防弾服ごと骨まで灼き尽くす。

攻撃が熄《や》んだ数秒の隙《すき》に、屍は軽々と柵を越えて、ビルの玄関に迫った。

ドアは開いていた。

とび込もうとした身体が、突然後方へ引かれた。

ふわりと空中を五、六メートルも飛翔《ひしょう》し、バリケードに貼りついた。

「せつらか⁉」

首を捻《ね》じ曲げて叫んだ。怒りが籠《こ》もっている。

「はーい」

背後で、およそ状況にそぐわぬ眠気を誘うような声がした。

「何の真似《まね》だ？」

「廊下の奥で四人待ち構えてた。ひとりはバズーカ砲。とび込んだら殺《や》られる。僕は生命の恩人だぞ」

「ああ、礼を言う。さっさと糸をほどけ」

「話がある」

「後にしろ。ここは現場だぞ」

怒鳴《どな》りつけるつもりが、自分でもわかるくらい、声は軟化している。ふり向いたときに、せつらを直視してしまったのだ。しかも、サングラスなしで。

「おたくの刑事課に山道久志《さんどうひさし》って刑事がいる」

「おお。今日も来てるぞ——ほら、あれだ」

屍の右手が上がって——指さした先を、オーバー姿の人物が、警官たちを従えて、玄関へととび込んで行った。製造業者たちは全員、地に這《は》っている。

屍がぎょっとふり向きかけ、

「まさか——やったのか？」

と言った。

すぐに警官のひとりがビルから戻って来た。待機中の同僚に、

「すぐに〈救命車〉を呼べ。中の奴《やつ》らは全員、手足を落とされてる。しかも、そんな目に遭《あ》わせた奴は、見ていないそうだ」

屍は全身の力を抜いた。同時に不可視の縛《いまし》めも解けた。

溜息《ためいき》をひとつついて、

「で——奴がどうしたというんだ？」

「一昨日《おととい》、休暇を取って〈区外〉へ行った。中野《なかの》で未成年の女子中学生をレイプした上、絞殺した」

「まさか」

「この街で、まさかはない」

屍はうなずいた。

「そのとおりだ。おまえはその娘の両親に」

「昨日、オフィスへ来た。同じ中学の男子が、タクシーに乗って、〈新宿〉方面へ逃げる山道を目撃していた。オフィスへは、その子も来ていた。〈新宿署〉へ行って、その時間に〈門《ゲート》〉を渡った車のナンバーを確認してもらったらしい」

「なぜ、警察へ行かなかったんだ？」

「仇討《かたきう》ちかと」

「たぶんな。だが、話を聞いた以上、奴はおれと〈新宿警察〉が逮捕する。おまえは手を引け」

「べー」

「じゃあ何故、おれに話した」

「一応、断わっておこうかと」

「ご丁寧に痛み入る——とにかく」

屍が凄みを利《き》かせた。無駄とわかっていてもやらかしてしまう。人間そういうものだ。

せつらの声から少し離れたところで、別の若い声

が上がった。

「なんだ、あいつ――〝凍らせ屋〟に射ち殺されてしまったぞ」

茶のダッフル・コートにスキー帽を被《かぶ》った少年であった。指さしているのは、屍とせつらのいる空間だ。

だが、異常はない。山道はビルの中に――と思ったら、すぐに出て来て周囲を見廻《まわ》し、屍の方へ歩いて来た。

「何も知らない」

とせつらが言った。

「自分のしたことが、すべて露見《ろけん》したことも、殺した女の子の両親が、自分を殺そうとしていることも」

笑顔で近づいて来て――そこで、自分の角度からは見えなかったせつらに気づいたらしい。

うっとりとしながらも、コートの下からグロックP17を抜いた。

「山道！」

屍の右手の動きを見た者はいない。

銃声が、刑事の左胸に小さな射入孔《しゃにゅうこう》を開いた。

〈ドラム〉のものではなかった。

大きくのけぞりながら、グロックはようやく二度、天に向かって吠《ほ》えた。

どっと倒れた同僚を、何ともいえぬ眼つきで見下ろし、駆け寄る警官たちへ、

「もうひとり、――〈救命車〉へ」

と伝えてから、屍はようやくふり返った。

世にも美しい若者はいなかった。彼とつき合い出してから度々《たびたび》あることだが――夢を見ていたような気が、屍にはした。

少年は、折りよくやって来た〈救命車〉で、警官や麻薬製造業者たちともども、大至急〈メフィスト病院〉へと搬送された。同行した刑事が単なる行き倒れとしか判断しなかったのは、少年の射った安物

拳銃〝フライデー・ナイト・スペシャル〟を、せつらが隠したからだ。

ベッドで目を醒《さ》ますと、そこは病院で、世にも美しい顔が二つ、彼を見下ろしていた。

半《なか》ば失神しかけた少年から離れて、せつらはメフィストに事情を簡単に説明した。そうしたほうがいいと、勘がささやいたのである。

「幻視か。しかも、〝眠れる予言者〟の息子まで登場するとはな」

この医師の声と口調で言われると、地球最後の日の物語も、別の世界の出来事のようだ。

「さっきの刑事が射ち倒されるところを、彼ひとりが幻視した。糸でつながっている?」

せつらの糸とは、運命の意味だ。

「それは医学の領分ではないな」

とメフィストは答えた。

「だが、つながっているのは、間違いない。脳波検査では、第七感覚の可能性ありと出た」

第七感覚——いわゆる勘——第六感とは別の、超常現象を物理的に感知しうる感覚のことだ。

「あの娘の幻視が彼の第七感にちょっかいを?」

「それも間違いない」

メフィストはうなずいた。

「今のところ、彼だけだが、今のうちに手を打たないと、弱感知しかできぬ者たちや、無縁の人々にも影響が及ぶ」

「どんな影響?」

「幻視に自らが関わる」

メフィストは静かに言ったが、考えてみればかなり物騒な現象だ。

「君の話では、この少年は、屍刑事に射たれるレイプ殺人犯を幻視した。しかし、現実に射殺したのは彼だ」

「…………」

「一例では何とも言えん。だが、次はもう手遅れかもしれん」

医師の宣告は二つの意味がある。生と死の宣言だ。
この場合はどちらに与《くみ》するのか？ ――メフィストよ。

第二章　夢視るふたり

1

少年が眼を醒《さ》ますと、せつらは幻視について質問をした。

「これまで、何回かありました」

と少年は、ぼんやりと言った。しかし、曖昧《あいまい》なことは言えない。せつらが見つめているのだ。

「死んだ祖母がキッチンで黄粉餅《きなこもち》を作っていたり、映画館の切符売り場の女の子が、突然、コンビニのレジで支払中の母に化けたりです。どちらも後になって、同じ光景をこの眼で見ました」

どれも、一週間くらい後だという。

虚実《きょじつ》は一致した。

だが、今回は違う。

幻視は屍の銃弾を伝え、現実は彼に、殺害を命じた。

正常な流れに狂いが生じている。

「僕は人を射《う》ってしまった。そんな幻《まぼろし》――見なかったのに」

「人ひとりを救った」

とせつらは言った。

「しかも、利用価値が高い。将来、詐欺《さぎ》くらいなら、揉《も》み消してもらえる」

「そうか――そうなんだ」

少年は、何とか納得しようと努めた。

「〈区民〉？」

「そうです」

「なら、レイプ犯ひとり殺したくらいでオタオタしない。ああいう奴《やつ》は妖物《ようぶつ》より性質《たち》が悪い。君の両親も妖物の二匹や三匹は殺している」

「殺した殺したって言わないでください」

「はい」

せつらはメフィストとともに病室を出た。

「罪悪感を消せる？」

「問題ないが、多少は残しておくべきだ。人間それくらいのほうが長持ちする」

「ふーん」

せつらは、少し首を傾《かし》げながら、〈メフィスト病院〉を後にした。別件でもう一度、〈歌舞伎町〉まで戻らねばならない。


あちこちに雪が残る〈歌舞伎町〉の雑踏《ざっとう》を、若いカップルが歩いている——というのは正確ではなかった。

タートルネックの上に革《かわ》ジャンを着た男が、こちらは黒いレザーのつなぎとチェーンを何本も首から巻いた太った女を肩車している。すれ違う通行人たちが刺々《とげとげ》しい視線を浴びせるのは、男がサーカスで使うような小さな一輪車に乗っているからだ。ハンドルなどないのに、見事なバランスをとって、人混みの間を進んで行く。

〈一番街〉から復興中の〈噴水広場〉まで来て、

「まだ、いねえのかよ?」

男が一輪車を止めて訊《き》いた。両手を自然に垂《た》らし、両足はペダルに乗せているが、全く危なげはない。バランスの取り方が抜群《ばつぐん》なのである。女が太っているせいもあるのは、言うまでもない。

「駄目だね。なーんにも視《み》えないわ」

「あんた、本当に視えるのかよ、おふくろ?」

「失礼しちゃうわね。おまえだって知ってるだろ」

唇をとんがらせる女へ、

「確かに。だけどよ、最後に〈弁天町《べんてんちょう》〉のスナックで見てから、もう五日になるぜ」

「見えないものは仕様がないだろうよ」

「そらまーな」

男は納得した。この母親を怒らせては収入《たっき》の道がなくなる。

もうひと廻《まわ》り——と言いかけたとき、

「いた!」

と女が低く叫んだ。

「ど、何処《どこ》に?」

「あの――あの」

「はん？」

と、首を持ち上げ、女の指さす先を見て、

「ほえ――」

と呻《うめ》いた途端に、バランスを崩《くず》した。

「わわわわわ」

母子揃《そろ》って不様《ぶざま》につぶれかかる――誰もがそう見た瞬間、母親はぴょんと空中で身をよじり、すたんと太い足から地上へ降り立った。却《かえ》って、安定の塊《かたまり》に見えた倅《せがれ》のほうが、一輪車ごとぶっ倒れて、ひィと呻いた。

この悲劇の原因は、〈広場〉の横を通って、二人に近づき、うっとりと見上げる眼差《まなざ》しも無視して、〈コマ劇場〉方面へと歩き去ろうとした。

「ちょっと――ちょっと待ってえ」

母親はボテボテと追いかけ、

「ねえ、あたし変なもの見ちゃったんだけど」

と声をかけた。


せつらは足を止めた。

「あのさ、あたしは轟《とどろき》安子《やすこ》――この辺じゃ〝見えちゃう小母《おば》さん〟って呼ばれてる。おかしなものが見えるんだよ。あたしは未来だと思ってる」

「――どんな未来が？」

「只《ただ》じゃ教えられないよ。ビジネスだからねえ」

精一杯《せいいっぱい》、いつもどおりの色っぽく小狡《こずる》い表情をこしらえようとしたが、完全に溶けている。声自体も脅《おど》し、というより棒読みに近い。

せつらがふり向いた。

「…………」

これで勝負はついた。

プラス――

せつらは小首を傾げて、

「サービス」

と言った。

女――轟安子は、その場に尻餅《しりもち》をついた。恍惚《こうこつ》と。

「持ってけ泥棒……火に包まれるよ」

「いつ？」

「一時間以内に」

「何処で？」

「どっかで」

駆けつけた倅が、肩を摑《つか》んで、おい、とゆすった。

「何してんだよ。しゃべり過ぎだろ」

「ありがとう」

軽く会釈《えしゃく》して、せつらは踵《きびす》を返した。

「ちょっと、ちょっと」

と安子が呼びかけた。破れかぶれ――とも言えぬ、露骨な媚《こび》が目立つ顔で、

「ついでにサービスしたげる。そのビルの中には、おかしな奴がいるよ」

「どんな？」

「そこまでは見えないわ」

「どーも」


せつらは歩き去った。

せつらは、「武田《たけだ》興業」と書かれた磨《す》りガラスの前で足を止めた。

「失礼」

ドアを開くと、PC《パソコン》や書類が載《の》ったデスクの前で男たちが一斉にこちらを見た。暖房が効いているせいで、全員白シャツにネクタイ姿だ。

「どちらさま？」

いちばん近い席のひとりが笑顔を見せた。

「ここに、加茂光助《かもこうすけ》って若頭《わかがしら》いる？」

いきなり、途方もないハンサムが入って来て、寝《ね》呆《ぼ》けた口調でこう訊けば、人間どうなるか？凄《すご》みを利《き》かせようとした男たちは、全員身動きするのも忘れた。PCの稼動も停止し、会社は営業停止状態に陥《おちい》った。

凶悪そのものの顔の中で、これは雇《やと》われたか、まともな感じの優男《やさおとこ》が立ち上がり、

「総務の片須《かたす》と申します。加茂にどういうご用でしょうか？」

うっとりとした声だ。

「秋です」

せつらが名乗ると、妙な顔つきになった。今は冬だと思ったのだろう。脳には美しい靄《もや》がかかっている。

「彼は〈区外〉の某人物から、結婚詐欺の犯人として捜索されています。僕は依頼を受けて捜《さが》しに来ました」

「それはそれは――少しお待ちください」

笑いを見せる片須を尻目《しりめ》に、

「その必要はねえ」

数人が立ち上がった。殺気むんむんである。

「ちょっと――待ってくれ」

片須があわてた。

「一応、加茂さんに訊いてみないと」

「ふざけるな。若頭に文句つけるってんなら、ここで訊こうじゃねえか！」

「それじゃあ、僕の立場がない。待ってくれ」

「うるせえ」

せつらの背後で、ドアがロックの音をたてた。

「おい、やめろ」

片須が、せつらの前に立って庇《かば》った。

一触即発《いっしょくそくはつ》――しかし、結果はわかっている。

悲鳴が上がった。

右方――奥のドアからだ。

「若頭だ」

真っ先に男たちが駆け出し、片須も後を追った。

「鍵《かぎ》がかかってるぞ！　――兄貴」

ドアノブを摑んだ男が叫んだ。

「若頭⁉」

悲鳴はもう聞こえなかった。断末魔《だんまつま》――最後の悲鳴だったのか。

ひとりが体当たりをかました。強化処置か、サイボーグ化手術を受けているらしい。一発で開いた。

内部の光景を見てから理解するまで、二秒ほどかかった。

ごつい顔と身体《からだ》の大男が、ソファにひっくり返って、前方に、恐怖の視線を注いでいる。だが、前には——誰もいない。

「若頭——どうしたんです⁉」

ひとりが駆け寄って、恐怖の視線と同じ方を見た。

「女が——女が」

「え？　誰もいませんよ——椚《くぬぎ》、見えるか？」

戸口に固まった連中のうち、眼だけが異様に大きな男が、そちらを見て、

「何もいません」

と言った。

「違う」

ソファの男——加茂は激しくかぶりをふった。

「もう消えた。おれは——おれは、生きたまま食われちまうんだ」

「何にです？」

「わからねえ。姿は見えなかった。だが、間違いねえ。おれは——食われちまうんだ」

「気のせいです。夢でも見たんですよ、〝ドリーム・キャッチャー〟——DCのせいです」

あまり強烈な効果のせいで、〈新宿〉でも非合法とされている幻覚剤だ。観光客が〈新宿〉に入って、最初に聞くのは、近づいて来た売人の、

「DC——どうだい？」

だとされている。その筋の連中が最も手軽に愉《たの》しむ薬だが、大量摂取は副作用が伴《ともな》う。恐怖幻覚だ。冷酷非道《れいこくひどう》のやくざ者といえど、潜在意識の内では、良心の咎《とが》めが息づいている。

それが表に出て来た場合、殺した相手の姿を取ることが多い。おかしなことに、現実での抗争には生命《いのち》を懸《か》けているやくざや暴力団は、心霊その他超自然的存在に頭《てん》から弱い。悪夢など日常茶飯事《さはんじ》だ。子供すそこに幻覚剤が加われば、先は見えている。子供す

ら惨殺《ざんさつ》する極道《ごくどう》が、真昼の路上で泣き叫び、前非《ぜんぴ》を悔《く》いて、更生を誓いつつ許しを乞《こ》う。〈新宿〉でしか見られない、いわゆる〝更生劇場〟である。

だが、食われるとなると――

「許してくれ。助けてくれ。何処かへ匿《かくま》ってくれ」

加茂は自分を抱きしめて、身悶《みもだ》えした。

薬漬けとは思えぬリアルな姿だった。

2

他の「社員」たちと等しく呆然《ぼうぜん》と立ちすくむ片須の肩に、手を置いた者がいる。秋せつらであった。

「彼は幻を、よく?」

その瞳に半狂乱の加茂が映っている。

ふり返るのが怖《こわ》い。片須は前を見たまま、

「もうしょっ中です。麻薬《ドラッグ》の副作用でしょう。今回みたいに極端なのは初めてです。今にも――というか死にそうだ」

「悪影響が出はじめた」

誰にも聞こえぬ低声《こごえ》でつぶやき、せつらは、

「行こう」

と声をかけて、背を向けた。彼以外の全員が眼を剝《む》いたことに、恐怖の刃《やいば》で膾《なます》に刻まれている加茂が、全身を震わせながらソファから下りたのである。あたかも、見えぬ糸に操《あやつ》られる人形のような動きであった。少しぎごちないのは、反抗の意思も働いているのだろう。

「若頭!!」

社員のひとりが駆け寄って、うおっとのけぞった。その足下《あしもと》に、ぱらぱらと落ちた指を追って、鮮血がしたたった。

何が起きたのかわからない。だが、男たちは犯人を見つけた。そして、とろけてしまう。

「てめえか……?」

「とんでもない」

せつらが応じた相手は、凄むどころか、立ってい

るだけで精一杯《せいいっぱい》である。

「でも、指は落ちたかも」

こう言って、せつらは歩き出し、若頭はその後を追った。

外へ出て、せつらはタクシーを拾うべく通りへ寄った。

走って来た一台に片手を上げかけ、せつらはふり向いた。眼が細まっている。加茂に巻いた糸に、異常な反応が生じたのだ。

やくざの腰から下は血にまみれていた。溢《あふ》れ出る鮮血が、道路にしたたり、分厚《ぶあつ》い赤い輪を広げていく。

せつらの妖糸《ようし》は、人間の意思の介在を許さぬ痛みを与える。加茂はそれに逆《さか》らった。骨に食い入る痛みを忘れさせる存在がいるのだ。

通りの奥を見つめる眼の前には誰もいなかった。

「来た……来やがった」

加茂は絶叫した。出血のせいで蠟《ろう》のような顔色である。眼は虚《うつ》ろだった。死を見つめるときは、みなそうだ。

せつらは糸をとばした。

珍しく、勘《かん》頼りであった。気配が感じられないのだ。

それが空を切ったと伝わった刹那《せつな》、加茂の首が消えた。

恐れていたものが食いちぎったのだ。ぴゅうぴゅうと心臓《ポンプ》の鼓動《こどう》に合わせて血を噴《ふ》き出す首は、実に滑《なめ》らかな、牙《きば》よりも刃で切断されたがごとき傷口を示していた。

不思議と静かだった。せつらを含む通行人のうち何人かは凍りつき、何人かはチラと見ただけで歩《あゆ》み去って行った。血の噴水が歩道を叩《たた》く音だけが、いやにはっきりと聞こえた。

「幾《いく》らなんでも——早い」

せつらの声に合わせて、胴が——妖糸の食い込んだ部分から腕ごと——宙に消えた。

ようやく、通りに面した時計屋の店からとび出した中年の婦人が、金切《かなき》り声《ごえ》を上げ――見えないものに、加茂の腰から下を呑《の》み込ませた。

せつらは糸を引いた。

糸だけが戻って来た。

「何処へ？」

とつぶやいた。加茂を呑み込んだものが、そこにいるのか去ったのかもわからない。糸は反応しないのだ。

一〇秒ほど待って、せつらは緊張を解いた。

パトカーのサイレンが近づいて来た。

「幻視は運命か」

せつらは納得した。

運命なら妖糸でも切れっこないのだった。

足音が生じた。

社員たちがとび出して来たのだ。

「いたぞ！」

「加茂さんがいねえ」

「野郎、何処へ隠した？」

怒りの声は、やはり締まりがない。

「ここじゃ、まずいぞ、みんな！」

ただひとり、まともな声は片須である。

「会社へ連れて行け」

顔がもう一度変わった。凶悪さを剝《む》き出しにしていた。穏和《おんわ》な顔立ちは、はために呆《あき》れ返った、と見えたかもしれない。この世ならぬ痛みに苛《さいな》まれると、人間そうなるものらしい。

通行人たちはその場を遠巻きにして、人像と化した暴力団員たちを見つめた。

気がつくと、せつらはそこにおらず、パトカーのサイレンばかりが近づいて来た。

二〇分後、せつらは〈荒木町《あらきちょう》〉にある「E・ケイシー・予言センター日本支部」を訪れていた。

ベンはそこにいた。すぐに現われ、

「これは――いい知らせがありましたか？」

と破顔《はがん》した。せつら用に濃いサングラス――では なく、ごついゴーグルをかけている。幻視には目撃者の心身ともに被害を及ぼすものがある。分厚いレンズ部分には、幻像を直視させぬための歪曲《わいきょく》レンズや色彩コントローラーが仕込まれているはずだ。

「お客が食われた」

せつらの用件を聞いて、ベンはゴーグルの下で眼を丸くした。

「それで私のところへ？　――ひょっとすると、幻視した存在に食われたとか？」

「そ」

ベンはソファの上で、全身の力を抜いた。

「やはり――しかし、少し早すぎる」

「同感」

「正直に申し上げると、我が研究機関でも、睡眠予知のメカニズムは解明されておらんのです。ですが、具体的な事件が起きたとなると、放ってもおけません」

「そうそう」

とせつらは認め、

「仕事相手が次々にやられてます。商売上がったり」

「あなたがですか？」

ベンは笑顔になった。

「この変移ゴーグルの下でも、我を忘れそうです。いざとなったら、俳優にでもなればよろしい。しかし、共演者も監督もうっとりとなっては、まともな作品など完成しませんね」

「〝幻視〟を修正する力はお持ち？」

「それなりには――ですが、あれは心臓に凄《すさ》まじい負担がかかります。正直、最後の最後まで、やむを得ない場合以外は使いたくありません」

思い出したように、彼は左胸を押さえ、

「春奈は見つかりましたか？」

「まだです」

「おお、残念です。一秒遅れる間に、世界と〈新宿〉の危機は近づいて来ます。一刻も早く見つけ出してください」

「はあ」

この男も、最後は〈新宿〉の破滅によって世界が救えればいいと思っている。

外へ出て、せつらは少し考えた。

「死人が増えそ」

その声は、一〇分後、〈大京町《だいきょうちょう》〉の廃墟《はいきょ》に到達した。

〈第二級危険地帯《セカンド・デンジャラス・ゾーン》〉である。

瓦礫《がれき》の広場に、カマボコ型の仮設住宅が幾つも建てられていた。

午後三時過ぎ、風はないが空気は冷たい。人は多かった。

仮設住宅の戸口に作られた列は、少なくて一〇人以上、長いものは三〇人以上を数えた。誰もが思いつめた——そこまでいかなくても、緊張の面持《おもも》ちを崩さない。

せつらが目的の、ほぼ中央の住宅に近づくまで、ひとりが出て来てはひとりが入る——その繰り返しで三人目が入ったところだった。

いきなり、左手の住宅から悲鳴が上がった。

外にいる全員の視線を浴びたものは、火に包まれた女であった。水を、と誰もが考え、瞬時に力を抜いたのは、炎の熱が感じられなかったからである。

女はせつらに抱きついた。二人して燃え上がるように見えた。

女はすぐ気づいたらしく、せつらから身を放した。炎は掻《か》き消えた。周囲の視線を意識したか、恥ずかしそうに俯《うつむ》いて、女は住宅へ戻り、戸口から消えた。

「ここでか」

せつらはつぶやいた。それは〈噴水広場〉での轟安子の予言が、ようやく実現したことを示すものであった。

せつらは目的地のドアを軽くノックした。ここだけ訪問者がいない。

「お入りなさい」

若い女の声である。

「どーも」

入ったところは、もう仕事場であった。狭い三和土《たたき》の向こうには、せつらのオフィスの倍はある空間が広がっていた。

壁を埋めた書架には、新旧さまざまな本が並び、ほとんどが横文字だ。床にはお定《き》まりの魔法陣もない。

自分を飾って収入を増やそうという意欲は何処にも見えなかった。むしろ学者の部屋だ。

主人《あるじ》は南向きの窓近くに備えつけたスチール・デスクの前で、ＰＣのキイを叩いていた。右の人差し指一本――押すというのが正しい。

「繁盛《はんじょう》？」

せつらが訊くと、少し間を置いてから、顔を上げて、こちらを見た。

「嫌がらせ？」

尋《たず》ねた顔は美女といってもいい整いを見せている。血の気に乏《とぼ》しい薄い唇は、男たちにはセクシーとしか映るまい。年齢はせつらと同じくらいで、肌の色は青白い。そのせいで、派手な口紅がひどく目立つ。

「やる気がない」

とせつらは追いつめた。

「インターネットでも宣伝していない。誰も幻視能力者とは思わない」

「大きなお世話よ。周《まわ》りの詐欺師どもと同じだと思われたくないだけ――来る途中でコンビニでフライド・チキンを買ったでしょ。とっとと出しなさいな」

「さすが、竜眼寺徹也《りゅうがんじてつや》」

美青年――竜眼寺徹也は透視能力《クレアボワイヤンス》も備えているらしい。

「誉《ほ》めないで。自分がイヤになるわ」

せつらはコートの内側に突っ込んでおいたせいでつぶれた紙箱《ケース》を取り出し、徹也の方へ放った。

素早く空中で受け止め、蓋《ふた》を開けて中を覗《のぞ》き込むと——青白い顔に満足の色がふくれ上がった。

「ありがとう」

と口走りながらパクつきはじめたのへ、

「力を貸す」

「あんたが？」

「君、だ」

「条件によるわね」

チキンを頬張《ほおば》ったまま、宙へ眼をやって、

「一日三万円プラス諸経費」

「安すぎる。嫌がらせに来てんの？」

「ノンノン」

急にフランス語になって、

「三日間、専属にしたい」

「いいけど」

「では」

せつらは封筒を小テーブルの上に載せた。

「九万九〇〇〇円——消費税一〇パーセント」

「三〇万ぽっきり」

せつらは首を傾げた。じっと発言者を見つめて指さし、

「暴利だ」

と言った。

「専属料よ。景気のいい姿を何度も視たわ。これくらい屁《へ》でもないでしょ」

「神から授かった力を悪用するのか」

「あんたの口から神様という言葉が出てくるとは思わなかったわ。都合のいいときだけ神様するんじゃないわよ。三日間三〇万でいいわね？」

「はーい」

せつらは片手を上げた。

それから、

「ん？」

と言った。

徹也が自分を見ていないとわかったからである。

茫《ぼう》とした表情が美青年を病人のように見せていた。

「視てる」

せつらはそっと横へのいた。

両手を上げて、ぴしゃんと胸元で叩き合わせた。

もう一度。

三度目で、徹也の表情は普通に戻った。

短く頭をふって、側頭部を押さえた。

視たものの名残《なごり》と戦っているのだ。

この段階で現実へ戻らず、〈向こう側〉へ行ってしまう連中も多いという。

二秒で戻った。

血の気はさらに失《う》せていたが、表情は前より生き生きとしている。それこそが、万人《ばんにん》の幻視者を除《お》いて、秋せつらがここを訪ねる理由だった。

だが——

「——えと」

かけた声は、ここで止まった。

徹也が笑ったのだ。

誰が見ても憑《つ》かれたなという顔で。

憑いたのは悪鬼《あっき》に違いなかった。

3

「誰？」

とせつらが訊いた。鉄の殺意を秘めた殺し屋でさえ、あれ？　と気を削《そ》がれそうな声である。

「あれ!?」

とつづいた。

徹也は両手で顔を覆《おお》い、せわしなくこすりはじめた。

「どうした？」

答える代わりに、ソファに坐《すわ》り込んだ。顔は元に戻っていた。

「何か視えた？」

そうに決まっているが、こういうのを愚問《ぐもん》だと思わないのが、せつららしい。

　徹也の顔はいつの間にか濡《ぬ》れ光っていた。汗である。

「時々あるのよ。子供の頃から慣れてるはずなんだから、いい加減平気でいられると思ったけど、やっぱり駄目。いつ向こうへ呼ばれてもおかしくないわね」

「何を――」

「とにかく、あなたの話――引き受けるわ」

「どーも」

　目的は果たされたわけだから、せつらの質問はこれで熄《や》むはずが――

「何を視た？」

「知りたいの？」

「山ほど」

　徹也は激しく顔をこすって、

「死ぬところ」

断《た》つように言った。

「ほお」

「あんたがよ」

「げ」

　せつらは瞬《まばた》きをひとつして、

「――誰に？」

「それも知りたい？」

「はい」

「あたしによ」

「どうして？」

「理由はわからないわ。死に方が気になる？」

「うん」

「首を落とされるわ。武器は見えない」

「見えない」

「そ。何かふり廻してるようだった」

「ははーん」

　ひとつしかない。

「わかったの？」

「想像の域を出ないけど」

「——何でもいいわ。どう、雇うつもりはある？」

「勿論《もちろん》」

のんびりと告げた。

「相変わらず、自分の生命も他人《ひと》の生命もどうでもいい人ね。これからの私は、あんた専用の殺し屋なのよ」

「そういうこともある。ここは〈新宿〉だ」

「たまにはいいことを言うわね」

徹也は立ち上がって、

「具体的なご希望は？」

「三日間、僕専用の幻視を頼む」

「当然よ。それだけ？」

「そ」

せつらは短く言ってから、つけ加えた。

「僕に送れるね？」

「いいけど、まともなものばかりとは限らない。ま、あんたなら多少のものは大丈夫よね」

「うーむ」

「オーケイ。今から始めるわ」

「よろしく。連絡は電話かメールで」

せつらは立ち上がり、さっさと三和土へ向かった。

ぎくしゃくと靴を履《は》くのを見ながら、

「あんたも変わってるわね」

徹也はしみじみと言った。

「何が？」

「自分を殺すとわかってる女を雇う人間がいる？普通、殺すか閉じ込めるわ」

「ここに」

せつらは片手を上げた。

「じゃ」

閉じたドアを、徹也は長いこと見つめていた。運命を視る眼差《まなざ》しは、途方もなく虚無《きょむ》に近づく。黒い眼はドアだけを映していた。

そうやって衰弱死した幻視者もいる。自らの絶望から眼を離すには、それなりの力が要《い》る。それを取り戻す前に、〝向こう側〟に連れて行かれてしまうのだ。

だが、彼は激しくかぶりをふって、復活を遂《と》げた。

じろりと天井を見上げ、

「その辺にいる？　素敵な雇《やと》い主でしょ」

にやりと笑いかけた。


せつらは〈荒木町〉にある貸しビルの前でタクシーを降りた。

一階の奥のドアには、

「ぶうぶうパラダイス」

というプレートがあった。誰の悪戯《いたずら》か、ドレスを着た河馬《かば》の絵が描いてある。それを消そうとした痕跡《あと》も残っていた。

インターフォンを押すと、

「お入り、ぶう」

ロックの外れる音がして、ドアは開いた。インターフォンについている電子アイが、骨格レベルからチェックしてのけたのだ。

「どーも」

内部《なか》へ入って、せつらは、

「へえ」

と感心したように四方を見廻した。

テーブルとソファが並んだ応接室である。中級のビルに恐ろしく合った平凡な家具であった。どこから見ても平凡なマンションの一室だ。これがせつらを驚かせたのは、無論、その主人とあまりにも似つかわしくないからだ。

「どーれ」

天井から太くドスの利いた声が降って来た。

「道場主か？　それとも神様か？」

せつらは、珍しく、うんざりした口調である。何処かに、スピーカーが仕掛けてあるだけだ。

「用件を聞こう、ぶう」

道場主か神様は、外谷良子《とやよしこ》であった。〈新宿〉一の女情報屋は、しょっちゅうこんな真似《まね》をする。

「娘を捜してもらいたい。名前は、森下春奈。顔は送った」

「確かに、ぶう」

ここへ来る途中のタクシー内で、せつらは、ベン・ケイシーから渡されたデータを、スマホ経由で、外谷のPCに送ってあった。

「ふふふ、おまえ好みの女だな。おっぱいがこぶりだ。メフィストにバラしてやる」

「すべて妄想《もうそう》だ、モーソー。それに、僕とドクターは何の関係もない」

「いつもは呼び捨てだ。なぜ急にドクターになった？」

ふっふっふと笑う声に、

「依頼はした。よろしく」

と告げて、せつらはドアへと向かった。

「待つのだ、ぶう」

「ん？」

「いま情報が入って来たのだ。その娘は——むむむ」

「？」

「ちょい待ち。あたしも一緒に行くぞ」

「後からついて行く」

せつらは、少し嫌そうに言った。

「うるさい、来るのだ」

これからのことを考えたら従うしかないのか、せつらは、

「はいはい」

と応じた。

「ドアの外でお待ち」

すぐにまん丸としか思えない女が出て来て、

「行くわよ、ぶう」

と言った。

道端《みちばた》に立って、タクシーに手を上げるが、一台も停《と》まらない。

「おかしいわね。あらっ、あれも空車なのに」

「後難《こうなん》を恐れてる」

「なによ、コウナンて？」

「何でも」

せつらが代わりにと、道端に寄る前に、外谷はでんでんと通りを渡りはじめた。横断歩道ではない。五、六歩進んで、

「ふん」

と仁王立《におうだ》ちになる。

車は停まらなかった。却ってスピードを増して、突っ込んで来る。

「むう」

と睨《にら》みつけた身体が、ふわりと風船みたいに宙へ浮いた。

車は一度もブレーキをかけずに走り去った。

見えない糸に、でん、と歩道に落とされた外谷は、でかい尻を撫《な》でながら、

「どうして停まらないのよ、ぶう？」

と不平面《ふへいづら》をした。

「この通りは妖物の出現が多い。いきなり車道へと飛び出せば、誰でもそうだと思うな」

それでも外谷は、なぜあたしを見間違えるのよ、と毒づいていたが、せつらはさっさとタクシーを停めて、先に押し込んだ。

「〈矢来町《やらいちょう》〉の『剛突《ごうつく》アパート』まで」

と外谷が告げた。

「あそこ――ですか⁉」

運転手の返事は怯《おび》えきっていた。

「どした？」

とせつら。何かを期待しているようでもある。

「いえ、何でも」

せつらはバックミラーを見つめた。

運転手は彼の顔を直視してしまう。

無言の要求に、

「あそこには……おかしなでぶが住んでて……いつも何か……やらかすって評判なんです……ドンパチ

じゃ……ないんだが……おかしな客ばかりが乗り込んで来るんで」

「おかしなでぶのいるアパートとおかしな客」

どんな客か、せつらは訊かなかった。大体の想像はついた。

ちら、と外谷を見た。

「あたしの従弟《いとこ》よ」

外谷は苦々《にがにが》しげに白状した。

「へえ——親類がいるんだ」

せつらもこれには驚いたらしい。

「風見樽之助《かざみたるのすけ》っていうのよ。独身の科学者なの」

「こっち？」

せつらが頭の横で人さし指を廻した。

マッド・サイエンティストか？　と訊いている。

「当たり」

少し沈黙があった。外谷がまたひねくれた顔と声で、

「なにしみじみしてるのよ？」

「何となく」

とせつら。運転手もうなずいた。

外谷はでかい口をへの字に曲げて、何も言わなかった。

到着したのは、左右が地上げされた更地《さらち》らしいぼろアパートだった。

今どき天然記念物クラス——というのは、木造二階建てだからだ。壁は漆喰《しっくい》である。

タクシーは風を巻いて走り去り、外谷はさっさと玄関へ廻った。

屋内にガンガンとハイヒールの足音が響き渡る。住人への遠慮など微塵《みじん》もない。重患の病棟でもこうだろう。

左右に五戸ずつ並んだドアの左の真ん中で止まると、今度は芋虫《いもむし》のような指でミットを作り、どんどん叩きはじめた。

「開けろ開けろ開けろ」

誰かいたら堪《たま》らない――幸いドアはすぐ開いた。

せつらは眼を光らせた。

饅頭《まんじゅう》そっくりの顔が、外谷と同じ高さに現われたため、睨み合いかと思ったのである。

「何だよ？」

と出て来た顔が訊いた。喧嘩腰《けんかごし》である。色は外谷よりずっと青白い。眼鏡《めがね》をかけているが、迫力では負けていない。二人は両手で落っこちそうな頬《ほ》っぺたをつまみ合った。引っ張ったり、捻《ひね》ったりして、

「うむ」

と放した。本物だと納得したらしい。

「外谷さん」

「樽ちゃん」

互いに尊重するようにうなずき、樽之助が、

「で？」

と訊いた。

「あんたがひっくり返ったと連絡があったので、駆けつけたのだ。元気らしいわね」

「何とか」

と肩越しにせつらを見て、たちまちヘナヘナとなった。

「そちらは？」

「秋せつら。人捜し屋よ」

「むむむ。噂《うわさ》は聞いてる」

「元気そうだね」

「ヘンなものを見ちゃってね。さ、帰ってくれ」

「むう。何よ、その言い草？　心配して来てやったのに」

「頼んでないよ。それに僕は今、大きな研究をしてるんだ。邪魔してほしくないな」

「あら、何よ？　ひと口乗せなさいよ」

「んじゃ」

と閉めかけるのを、素早く手をかけて引っ張り返し、

「あんた、あたしにどれだけ世話になったか、忘れたわけじゃないでしょうね？　個人用の核兵器を作

ろうというんで、プルトニウムを用意してやったわよね」

「むむむ」

追い詰められたときの声は同じだ。さすが親族。

「結局、放射能ゼロの、かんしゃく玉くらいのを、下水で実験しただけだけど、あの借りは返してもらってないわよ」

「あんたのオフィスにうろつく不死身のゴキブリを退治してやったぞ」

「地球の向こう側まで届く穴を開けちゃったと泣きついて来たから、板で塞《ふさ》いでやったわ」

せつらが、板で、と溜息《ためいき》をついた。

樽ちゃんはあきらめたらしい。

「わかったよ。で、何をしろっていうんだ?」

「あんた、変なもの見たそうじゃないの——その正体をゲロしろ」

肥満体は、ゲロゲロと言いながら眼だけで宙を仰《あお》いだ。

第三章　死を呼ぶ幻覚

1

入ったところは普通の居間だった。家具の趣味や整然とした並べ方など、住人の趣味のよさを思わせた。問題は右手奥の部屋だった。

「通しなさいよ」

と主張する外谷に、

「何にもないよ」

と樽之助が言い張り、押しくら饅頭《まんじゆう》が始まった。埒《らち》が開かないと、せつらは〝探《さぐ》り糸〟を放った。

内心、へえと唸《うな》った。

天井も壁も床も軽合金で覆《おお》われ、かなりの爆発でも室内で食い止められそうだ。三〇畳はありそうな内部は、発電機やよくわからないメカで埋め尽くされていた。

ベッドも幾《いく》つかあるが、どれも革《かわ》ベルト付きの剣《けん》呑《のん》な品である。一見異常はない。ここで樽之助が何を見たにせよ、もう消えてしまったのだろう。

そのとき、押しくらべの決着がついたらしく、樽之助がごろんと横に転がった。

外谷がスチールのドアの把手《とって》に手をかけて内部に入った。

じろじろと見廻《まわ》し、

「何もないわね、ぶう」

と言った。

「なくても、視《み》えたのさ」

と樽之助が弱々しく言った。

「何がよ？」

外谷は身を低くして、両手を摑《つか》みかかるみたいに構えた。緊張しているのだ。事あればとびかかるのが流儀らしい。

「あれを視て、僕は本物だと思った。夢や幻じゃない。これから現実に起こることなんだ、と。それですぐ、対策を考えた。これからそれを具体化する」

「具体化？」

せつらがつぶやき、外谷は、こいつ、またという眼つきになった。

「ふふふ、僕の実力は知っているだろう。幻視はすぐに消えてしまう。だから、訂正することができないんだ。僕は眼にした瞬間に、あれを訂正しなくてはならないと思った。それには、幻視を再現しなくてはならない。少々厄介《やっかい》だったが、君たちが来る少し前に完成した」

「へえ」

外谷が眼を丸くした。尊敬の表情に、せつらは少し驚いた。でぶはでぶを知るだ。

「さあ、出て行け。僕はこれから生死を賭《か》けた作業に移る。邪魔だ邪魔だ」

「そうはいかないのだ」

と外谷が断固、首を横にふった。

「ここまで来た甲斐《かい》がなくなるのだ。絶対に見てやるのだ」

「そうそう」

せつらも、のんびりと同意する。

樽之助は口をへの字に曲げ、ふくれた頬《ほお》をぺんぺんと叩《たた》いた。横目で、ちら、とせつらを見る。たちまち頬を赤く染めて、

「まあ――いいだろう。その代わり、他言は無用だぞ」

外谷は右手を突き上げて、おお！　と叫んだ。

樽之助は、もこもこと部屋の奥へ行き、もこもこと戻って来た。手にした箱状の品をテーブルに置いた。

せつらには、市販のバッテリーを針金で巻き、てっぺんに小さな丸鏡《まるかがみ》をつけただけのガラクタとしか思えなかった。

「製作に当たって参考にしたのは、エドガー・ケイシーの脳だ」

いきなり、キイワードのひとつが出て来たので、せつらは少し驚いた――かもしれない。

「正確には彼の脳波だ。僕は二歳のとき、親父《おやじ》に連

れられて『ケイシー財団』の研究室へ行き、『眠れる予言』中の彼の脳波データを見せてもらった。そのコピーを参考にしてこしらえたのが、この再現装置だ。下がれ」

「あたしたちがここへ来るまでに作ったの？　――おかしな奴《やつ》だとは思っていたけど、本物だったのだな」

　腕組みして感心する外谷へ、樽之助は、

「下がれ」

と命じた。外谷は従った。せつらが知る限り、外谷に命令を下せる初の大物だ。

　ふんふんふん、と鼻から息を吐きながら、樽之助は機械の前へ行って、コードや即製のスイッチらしいでっぱりをいじくり廻してから、首を傾《かし》げた。

　作動しない。

「おかしいな」

　とつぶやくに至って、外谷が、

「ちょっとお、どうしたのよお？」

と喚《わめ》いた。

「うーうー」

「ちょっと――作ったけど動かし方がわからないの？　貸してごらん」

　強引に奪い取るや、

「この野郎」

　と床に叩きつけた。

「あの」

　とせつらが、さすがに口をはさんだ途端に、三人のちょうど真ん中――デスクにダブって、樽之助の姿が浮かび上がった。成功だ。

　どう見ても本物だ。なのに、デスクと重なって存在している。きょろきょろと四方を見廻す。

　素早く樽之助が床の装置を取り上げ、

「コントロール、オッケー」

　と明るい声を上げた。

「僕の幻視に現われた僕だ」

　と前方の自分を見つめながら、

「少し太っているが、いい男だなあ」

せつらの方をちら見する。対抗意識を燃やしているらしい。

「よく見ろ。僕の運命を」

本物が右手を動かすと、その樽之助はいきなり走り出した。はじめて、彼以外の二人は、肥満体を包んでいるのが、肌色のランニングと短パンだと気がついた。

色のせいと、あまりぴったりしすぎているので、わからなかったのだ。

幻の樽之助は走っても動かず、周囲の光景だけが移動していく。

「〈外苑《がいえん》〉の中だな」

外谷がうなずいた。〈神宮外苑〉の意味である。恐らく、樽之助は、ダイエット目当てのランニングを実行中なのだ。〈神宮外苑〉は〈最高危険地帯《モースト・デンジャラス・ゾーン》〉だが、マラソンや短距離走の練習に利用するアスリートが後を絶たない。出現した妖物《ようぶつ》から走って逃げるのだ。時間は——光の具合から見て早朝か。

どう見ても五〇メートルと行かないうちに、息は切れ、汗は噴《ふ》き出し、全身びしょ濡《ぬ》れになった。

せつらはいつも通り茫見《ぼうけん》しているが、外谷は腕組みをして何度もうなずいている。わかるわかると胸の中でつぶやいているのだろう、涙ぐんでさえいた。

一〇〇メートルくらいで、樽之助は歩き出した。太ってさえいなければ、ゾンビとしか思えない。

そのとき——前方からフード付きジャージ姿の娘が駆け寄って、喘《あえ》ぐ胸を分厚《ぶあつ》い肉の上から、コンバット・ナイフでひと刺しした。

それからの光景は、殺人鬼が面白がっているようにしか見えなかった。

「このこのこの」

と叫びながら、胸と腹と尻をぶすぶす刺し廻るのである。樽之助はそのたびに、

「ひどいやひどいや」

と逃げ廻ったが、ついに出血多量で倒れた。

娘はさらに、えいえいと血まみれの腹を踏んづけ、

「思い知ったか！」

と吐き捨てて駆け去った。

実験室内での殺人現場の再現であった。

唖然《あぜん》と立ち尽くす外谷へ、

「これがいつか訪れる僕の運命だ。犯人もわかってる」

「動機は？」

「そ、それは、よく――」

「わかっているのだな？」

と外谷は決めつけた。

「あの女は、あんたの情婦《いろ》ね。どうせ二股《ふたまた》かけて怨《うら》まれたのか、向こうがそれで、あんたが邪魔になったか、だ」

「う、うるさい。黙って次を見ろ」


装置が唸り声を上げた。

〈外苑〉内の光景が消え、樽之助がまた現われた。

「暑苦しいわねえ」

外谷の感慨《かんがい》にせつらもうなずいた。

樽之助は意に介したふうもなく、狂気を孕《はら》んだ眼を光らせながら、

「ここからが僕の研究の成果だ。見ろ、エドガー・ケイシー、ジーン・ディクソン――おまえたちの見た幻視を、この樽之助がいま全否定してくれる。僕は幻視など信じないぞ――」

樽之助はまた走り出した。

また疲れきり、また立ち止まって、また喘ぐ。そこへ女がナイフをふりかぶって――

ふり下ろされるナイフは、空中で停止した。

空中から二人の間に落ちて来たものがあったのだ。

カタストロフィみたいに太った女は――外谷自身であった。

「え――っ⁉」

と目を剝《む》く現実の外谷を無視して、娘のナイフは空から来た外谷の心臓をえぐっていた。

同時に、装置が火を噴き、二度目の幻視は虚無《きょむ》に溶けた。

「どーもどーも」

樽之助は立ち尽くす外谷に駆け寄り、両手を握り締めた。

「助けてくれて、ありがとう」

「何よ、あれ？」

外谷は、幻の自分の消えた位置を指さして叫んだ。

「あれじゃ、泥をかぶるのは、あたしひとりじゃないの。冗談じゃないわよ。直せ、ぶう」

「無理だよ、装置は壊れちまった。二度と作れない」

「どうしてよ？」

「僕は天才だぞ。天才は勘《かん》で創造するのだ」

「うるさい、作れ」

外谷が叫んで殴《なぐ》り合いになった。手足をふり廻すだけなのはいいとして、パンチとキックが当たっても、全く効果はない。ぼよんぼよんと跳《は》ね返り、肉が揺れるばかりだ。

阿呆《あほ》らしくなったのか、せつらはでぶちんの攻防を無視して部屋を出た。

それこそ暑苦しい喧嘩《けんか》が終わったら、外谷から春奈の行方に関する情報が入ってくるだろう。

「時間つぶし――じゃなかった」

何を得たのか、両眼はある光を帯びはじめ、しかし、当人はいつもと変わらず、のんびりと歩を進めて通りへ出た。

〈メフィスト病院〉をはじめて訪れた患者がまず驚くのは、真っ先に白い院長が診察を行なうことである。

人間にまつわるあらゆる状況を院長は無視する。

富む者も貧しい者も警官も殺人鬼も平凡な市民も詐《さ》欺《ぎ》師も、彼の病院を訪れた以上は、救いを求める患者なのである。したがって、院長たる彼がまず面接し、診断を行ない、然《しか》るべき指示をスタッフに与える。それこそがドクター・メフィスト――悪魔の名を名乗る医師の矜持《きょうじ》なのであった。

その時刻に訪れた患者も初診であった。

二十歳《はたち》前後と思《おぼ》しい娘の問診票には、病名も症状も記《しる》されていなかった。それでも白い院長は気にもしない。記録に残したくない症状など山のようにあるだろう。

「症状は？」

と訊《き》いた。

娘はすでにとろけている。絶対に嘘《うそ》はつけない。

「幻視です」

と応じた。

「森下春奈――アメリカにいたね」

「ご存じでしたか？　でも――どうして？」

恍惚《こうこつ》と煙《けぶ》る顔に、驚きが必死に浮かんできた。

「当院で扱う病理についてなら、世界中の情報が入って来る。氷の涯《は》ての国からも」

「この世界にない国からも、ですか？」

「左様《さよう》」

「なら、この世界のものではない病気も、治療できますね？」

「左様」

「先生《ドクター》――私の力を失わせてください」

2

唐突で怪異な申し入れにも、メフィストは無表情を維持していた。慣れている。病院へ来て、殺してくれと哀願する連中もいるのだ。

「それは症状を診《み》た上での話になるが」

「はい」

と言ってから、春奈はすぐ、

「でも」

とつけ加えた。

「どうしたね？」

「いつも視《み》られるとは限らないんです」

メフィストは悠然《ゆうぜん》と、

「それは任せなさい。幻視に関して幾つか質問したい」

「それは——はい」

春奈はうなずいた。あの人捜《さが》し屋さんと会ったときと同じだ、と思った。こんな美しい人の指示に、逆らえるわけがない。


質問は一〇分ほどで終わった。

「たいそう興味深い話だった」

こう伝えて、メフィストは春奈を一室に導《みちび》いた。

ドアの表面には、

〝幻視科〟

とあった。

「専門の科があるのですか」

呆然《ぼうぜん》とする娘へ、

「古代エジプト、ギリシャと受け継がれてきた、最も古い、由緒《ゆいしょ》のある科だね」

とメフィストは告げた。

白一色の室内に青い光が満ちていた。

——美しい夕闇のようだわ
と春奈はぼんやり考えた。

幾人《いくにん》かの白衣姿がいた。

彫刻のように身動きひとつしないふうに見えた。

メフィストが指示を与えると、像たちに生命が宿った。音もなく、しかし敏捷《びんしょう》に歩を進め、春奈を奥の一室へ連れて行った。

中央に白い、さなぎ状のポッドが置かれていた。

「君はその中であり得ないものを視る」

何処《どこ》からともなく、姿を消したメフィストの声がした。

「それはこの室内に再現されるだろう。治療はそれをチェックした上で行なわれる」

いつの間にか、不思議な静けさが、春奈の全身を包んでいた。生まれて初めて感じる深い安堵《あんど》であった。

ポッドの蓋《ふた》が開いた。

「そのまま入りたまえ」

横たわった身体《からだ》を、ポッドの床と側面が、柔軟に形を変えて包んだ。

雲の上にいるというのはこれだと思わせる感覚であった。

すう、と意識が途切れる寸前、春奈は幸せな気分だった。


何処かで警報が鳴っていた。

優しく揺さぶられ、春奈は眼を開いた。

白衣の男女が二人で抱き起こしてくれた。

穏《おだ》やかな動きと表情の中に、春奈は別のものを感じた。

「部屋が違うわ――何か？」

答えはなく、二人は無言で春奈を部屋から廊下へと連れ出した。

「どうしたの？」

思わず口を衝《つ》いた。さっきとは別人になったような不安が胸に黒い渦を巻いていた。

右の端から一台の無人カートが走り寄って来た。

「お乗りなさい」

と女性スタッフが言った。

「一体、どうしたの？」

全身が凍りついた。

「まさか――私の視たものが……」

カートは走り出した。

ふり返った眼の中で、見送る白衣の二人が突然、赤いものに包まれるのが見えた。

血であった。

「何処へ行くの？」

答える者はいなかったが、訊かずにはいられなか

った。この病院で何か途方もないことが起こってい
た。原因は——自分だ。そして、元凶は理由など不
明だが——確実に春奈を追って来る。
不意に男の声が、
「院長室へ参ります」
と言った。
眼を剝いた。カートがしゃべったのだ。
春奈がカートの伝言に息を呑《の》まなかったのは、
〈区民〉ではないからだ。一般人が、〈メフィスト病
院〉の院長室へ入る。その意味がわからないのであ
った。
白い廊下をカートは音もなく疾走《しっそう》した。
不安そうに周囲を見廻しているうちに、停止し
た。
黒い扉のかがやきは、鉄ともプラスチックとも異《こと》
なる質感を呈《てい》していた。
どんな形に開いたのかはわからない。
青い光の満ちた、そのくせ不思議と明るい室内で
あった。細い川が流れている。
「よく来た」
白い院長が立っていた。
「——何が起きたんです？」
まず、訊いた。
「君の幻視は予想を超える力を持っていた」
メフィストは隠そうともせず話し出した。患者に
容態《ようだい》を話すのと同じなのだろう。
「それが、『幻視科』を破壊し、君を追って来る」
「私の視たものが？　……どうしてそんな……？」
「生みの親の下《もと》へ戻るのが、幻視の本性《ほんしょう》だ」
「……止められないんですか？」
「とりあえず、ここが最終決着点だ」
静謐《せいひつ》な声は、ドアの向こうに迫っている危機を、
春奈に忘れさせた。
「来たな」
春奈は身をこわばらせた。二人は、川を渡った部
屋の奥——黒檀《こくたん》のデスクの向こうにいた。

ドアの表面に赤い点が生じ、それが水に落とした絵具のように広がっていった。

「ほう、絶対合金も溶解するか」

メフィストは左手の指輪を空中で閃《ひらめ》かせた。

灼熱《しゃくねつ》の色は薄れ――黒いかがやきの地肌が戻った。

春奈は息を呑んだ。メフィストの秘術にではない。扉はまた赤熱《しゃくねつ》しはじめたのだ。

光の中心が、ぼろりと崩れた。

「やるな」

次の手を打つだろうと春奈は思ったが、それきりだった。

扉の崩壊は進み、青い光は褪《あ》せていった。

せつらは、〈神宮外苑〉の一角――〈絵画館《かいがかん》〉前の広場にいた。外谷と樽之助を放って駆けつけた場所は、樽之助が女に刺され、その再現時に外谷が身を挺《てい》して彼を庇《かば》った地点であった。


今も白い息を吐きながら、パーカ姿の若者が走っている。

周囲を確認し、ここと決めると、コートのポケットから、小さな丸鏡を取り出した。左手の人さし指を眼球に当てて離す。指先にコンタクト・レンズを思わせる光る球《たま》がついていた。それを鏡の中心に貼りつけ、下部から伸びた楔形《くさびがた》の部分を地面に差し込んだ。

レンズには、樽之助の部屋で視た幻視の光景がすべて記憶されているはずであった。

「これが、元の幻視を招《よ》び出すわ。一秒の間に手を加えれば、現実が勝てる」

と〝幻視者〟竜眼寺徹也は言った。

「そして、幻視されたものの敗北は、それを生んだ大元へ送り返されるでしょう。その場所は、大元自身が教えてくれるわ」

「さあ、来い」

せつらは丸鏡を見つめた。

幻視の再現には、樽之助のようなメカがない分、望む者の精神力が必要だ。

ランニング・シューズの足音が近づいて来た。

せつらの左横を通り過ぎ――止まった。

せつらの前方に、忽然《こつぜん》と太ったランニング・シャツと短パンの若者が出現したのである。

ヒイヒイと洩《も》らしながら汗を拭く。

その顔が突然、変わった。

「うわ」

せつらが放った理由は？


同じ瞬間、ドアの崩壊部に、向こう側の者の顔が見えた。

春奈が、ひっとよろめき、メフィストが、「ほお」と洩らしたその理由は？

顔だ。

〈新宿〉の誰ひとり見た覚えのない顔がそこにあった。

現実にあり得るはずのない悪鬼の顔が。


「珍しい」

と、せつらは少なからず感心したように言った。

幻視された存在が途方もなく不気味《ぶきみ》で、危険なことはざらだ。しかし、幻視自体が別のものに変わることは絶対にあり得ない。

「誰？」

と尋《たず》ねる声は、普段と少しも変わらない。

そいつは近づいて来た。

せつらに容赦《ようしゃ》はない。

そいつは縦に裂《さ》けた。

せつらは後方へ跳《と》んだ。無駄な攻撃なのはわかっていた。それでもやってのけたのは、ひょっとしたらという、この若者にも常人の心理が働いているのかもしれない。

そいつはさらに進んだ。

左胸にかすかな痛みをメフィストは感じた。彼以外の人間なら、即死していただろう精神的衝撃であった。春奈は彼の背後で全身を震わせている。

「違う……違う……私が視たものは……」

メフィストと、そいつの間を、かがやきの筋がつないだ。

それは針金で出来た大蛇であった。眼も牙《きば》も鱗《うろこ》も青い光を吸い込み、撥《は》ね返した。

かっと開いた口が、近づいて来るものを頭から呑み込んだ。

一気に足下《あしもと》まで達した。

そいつが身じろぎをひとつした。

蛇の口の端がぷつんと裂けるや、次の瞬間、蛇は無数の針金の断片と化して四散《しさん》した。

「では」

メフィストの拳《こぶし》が上がった。五指が開かれた。

拳の中に握られていたものは、広い網となって、アメーバのようにそいつを押し包んだ。動きが止まった。針金の網はその全身を締めつけたのである。

針金の目が、すうと体内に食い込んでいった。

否《いな》、そいつが膨張したのである。

「!?」

見開かれた春奈の眼の前で、倍近い体積に膨《ふく》れ上がったそいつは、完全に縛《いまし》めを呑み込んで、ふたたび前進を開始した。

手が大デスクに触れるや、呆気《あっけ》なくひしゃげた。

「ド……ドクター……」

「やるな」

メフィストの声は、その美貌《びぼう》と等しい効果——恍惚を春奈に与えた。

不意にそいつは激しく震えた。

主《しゅ》を目《ま》のあたりにした信者のごとく。

青い光が、二人以外は誰もいない院長室を、ひっそりと照らしていた。

「消えた」

メフィストが、この医師のものとは思えぬ単純な事実を口にした。

「どうして？　私は何もしていないわ」

春奈の脳は混乱のただ中にあったが、胸の中は落ち着いていた。

そいつが消滅してから、せつらはそいつの位置を見た。

せつらが元いた地点である。徹也から渡された品が地中から覗《のぞ》いている。

「お蔭《かげ》さまで」

少しは本気のようである。

「けれど、来た甲斐《かい》がない」

せつらの目的は、樽之助の再現した幻視の実体化を捕獲《ほかく》し、春奈の隠《かく》れ家《が》へ案内させることであった。

それにしくじった――どころか、一矢《いっし》も報《むく》いることなく消失させてしまった。完敗というしかない。

「また、やるか」

地上から丸鏡を抜き取り、土を払ってポケットへ収めた。

「ん？」

戻して、鏡面を見つめた。

さっきランナーの面上に見たものは、透明なガラスの内側で、出ようともがいていた。

せつらは鏡を空中に放った。

「変な奴が出た」

鏡は中身ごと十文字に裂けた。

3

せつらはその足で徹也を訪ねたが、応答はなかった。

「眠り姫」

とつぶやいて去った。〝幻視人〟にかぎらず、多くの超常能力者は、人外《じんがい》の力を駆使《くし》する反動が苛烈《かれつ》を極《きわ》める。脳障害、内臓破壊はもちろん、発狂死に陥《おちい》る場合も少なくない。徹也の状況を「睡眠中」と判断したのは、それまでの付き合いによる。数時間から丸一日は眼を醒《さ》ますまい。

だが、徹也はこの日を限りに二度と戻らなかったのである。

次の目的地は只《ただ》ならぬ雰囲気に首までつかっていた。

すぐに出て来た主人《あるじ》に、

「何事？」

と訊くと、

「非常事態が生じた」

せつらは数瞬、白い医師を見つめた。

エントランスも待合室《ホール》も一見異常のかけらもないが、せつらの五感に訴えてくるものは、これまで感じたこともない異常だった。

「森下春奈」

と口を衝いた。

「仰《おっしゃ》るとおりだ」

メフィストも認めた。

せつらの知るいかなる〈新宿〉の脅威が襲いかかって来ようと、ドクター・メフィスト麾下《きか》の防衛システムは、さしたる手間もかけずに排除し得るだろう。それが崩れている。せつらのつぶやきは、脳内の一瞬の閃きが送り出したものであった。

「何処にいる？」

のんびりした口調の奥に、やや疲れた響きがなくもなかった。彼が〈絵画館〉前で死闘を展開していたとき、捜し求める宝はここにいたのだ。

「特別病棟に。残念ながら会わせるわけにはいかん」

「どうして？」

「精神状態がひどく不安定だ。無理に収束させると、脳と精神に重大な疾患《しっかん》が生じる恐れがある」

「手の打ちようがない？」

相手を考えたら、身の毛もよだつ質問であった。

「そうなるな」

「藪《やぶ》」

「モニターでなら観察できるが」

「それそれ」

せつらは小さく手を叩いた。メフィストを知る者が聞いたなら、恐怖のあまり卒倒間違いなしのやり取りの果てである。

黒白《こくびやく》の美影身《びえいしん》は、音もなく誰も知らぬ通路を渡って、〈院長室〉へ入った。

ドアの前で、せつらは、

「へえ」

と言った。内部の異常を感知したのである。

「ここへも?」

「来た――幻視されたものが」

「やれやれ」

一点の異常もない室内で、せつらは額《ひたい》に片手を当て、天を仰《あお》いで、大きく息を吐いた。

「よく消えたなあ」

「おそらく――春奈という娘の力による」


「夢見たものを消せるのは、夢を見たものの特権か」

「そういうことだな」

二人の頭上に白い室内が浮かび上がった。

ベッドと椅子《いす》と小さなテーブルだけの中で、ベッドの端に腰かけているのは、確かに森下春奈であった。

天井からのカメラ・アイが、すっと中段からのものに変わった。

せつらの眼の中に、不安と憂《うれ》いに煙る娘の表情が点《とも》った。

「どうするつもり?」

「放置も治療のひとつだ。彼女に幻視の兆候《ちようこう》が見えた時点で、それを防ぐか、そのまま続行させるか決める」

「防げる?」

「何とも言えんな」

メフィストも正直だ。

「自分は世界の崩壊を幻視した、と彼女は告げた。アメリカの司法、軍事組織が自分を追っているともな」

「民間人も」

「ベン・ケイシーだな」

「調査済み」

「ただの患者《クランケ》とも思えんのでな。あの華奢《きやしや》な体内に、星どころか銀河系を丸ごと消滅させる力が息づいていると言ったら？」

「信じる」

ある意味、にべもないせつらの返事であった。

春奈はすぐベッドの端から立ち上がり、冷蔵庫の前へ行って開けた。

ためらわず、ビールの缶と紙のパックを取り出し、テーブルに並べた。

パックを開くと湯気の立つ唐揚《からあ》げが現われた。保温パックである。

「患者思い」

とせつら。

「わかってもらえて光栄だ」

「ビールはキリン？」

「いや、ハイネケンだ」

「グー」

せつらが気もなさそうにうなずいたとき、付属の爪楊枝《つまようじ》で唐揚げをひとつつまんだ春奈が、急に動きを止めた。

「来たな」

メフィストがドアの方へと歩き出した。せつらも後に続く。

ドアを抜けると二人は廊下にいた。ここへ来たときとは明らかに異なる場所であった。廊下の向こうには、ドアがひとつ。

慣れているのか、せつらはふり向いて、院長室を確認しようともしない。

メフィストの指先が触れただけで、ドアは開いた。

せつらが入るや、床に唐揚げが落ち、春奈は椅子から崩れ落ちた。

メフィストがその身を抱き起こす間、せつらは眼を閉じていた。〝探り糸〟を放って室内を走査したのである。

春奈をベッドに横たえてから、

「どうだね？」

とメフィストが訊いた。

「気がついてるよね？」

訊き返す美貌の顔に汗の珠《たま》が光っている。

メフィストはうなずいた。

「確かに。この患者は、さっきと同じようなものを視ようとした」

「…………」

「だが、我々が入ると急に意識を失った。何故《なぜ》だ？」

「僕に訊くな、ドクター」

「この患者に質問があるのだろうが、当分、諦《あきら》めたまえ」

「え――」

「覚醒させた途端に、同じものを視られては危険だ」

「それは――まあ」

「対処法が具体的になるまで、眠りにつけておく。それが誰にとっても最善の治療法だ」

せつらは右手を上げて、同意した。

「行きたまえ」

いつ呼んだのか、チャイムが鳴った。看護師と保安係が二名――安全《セフティ》ポッドと一緒に入ってきた。

「んじゃ」

せつらが出て行き、ポッドに入った春奈も去ると、メフィストは室内を見廻し、ぽつりと、

「対処法はある」

と言った。曖昧《あいまい》な思いつきをこの医師は口にしない。

「だが、それは、きわめて危険な方法なのだよ、秋

せつら」

　春奈の件はお預けになったが、暇《ひま》というわけにはいかない。

　せつらは、別の依頼に取りかかった。

〈歌舞伎町〉の「ショー・ガール」は、ヌードショー専門の風俗店だが、ダンサーたちの淫行を全面的に認めている。〈区役所〉の風俗条例など、この街ではあってなきが如《ごと》しなのだ。

　店内はすでに客でごった返していた。煙草《たばこ》とアルコールの臭いが、下品な野次に追い討ちをかけている。

　舞台上では五人の若い踊り子たちが、全裸を披露《ひろう》していた。四人は素人《しろうと》同然だが、ひとりだけ、プロのレッスンを受けたと思《おぼ》しい娘が眼についた。他は秘部を広げたり、露骨に尻を突き出し、客たちにアナル舐《な》めを許しているが、この娘はダンスだけで見せていた。

　せつらはサングラスをかけている。彼を見た瞬間、踊り《ダンス》が滅茶苦茶《めちゃくちゃ》になるからだ。

　不幸なことに、それでも完璧とはいかず、彼の入店一分で、踊り子たちは総崩れとなった。

　たちまち場内アナウンスが、

「踊り子たちが交替いたします」

と告げ、五人の退場の後、別のメンバーが出て来たが、幸いなことに、せつらはもういなかった。

　彼は例の踊り子――リリアの楽屋にいた。

　鏡の前で娘は眼を固く閉じて、

「噂《うわさ》には聞いてたけど、会えるとは思わなかった」

と息を弾《はず》ませた。

「両親からの依頼？」

「いや、鈴鹿《すずか》氏」

「あーあ」

　と娘は両の乳房を持ち上げた。ステージを下りてから五分も経《た》っていないふくらみは、汗まみれの上、下半身も剝き出しだ。凄《すさ》まじくエロチックな眺《なが》めだが、本人が隠そうともしないのは、性格ではなく、魂《たましい》が抜けてしまったためだ。声は上ずり、眼の焦点はボケている。

リリアは鏡に向かって乳房を揉《も》みはじめた。

「あいつの狙《ねら》いは、これよ。うちはお金もない地方のタオル製造業者よ。でも、あいつの実家は家電で世界を制したといわれる大企業。なのにあたしと結婚しようというのは、この身体が目当てなのよ」

「はあ」

せつらの反応は鈍《にぶ》い。

「他に幾らでも」

「そんな金持ちが、あたしなんかに執着《しゅうちゃく》するわけがないって？　はっきり言うわねえ、ハンサムさん」

鏡の内と外で、二人のリリアがごくりと喉《のど》を鳴らした。

「あなたには、わからないでしょう。惚《ほ》れられるだけの男の人には、ね」

ひと呼吸置いて、

「あいつに伝えて頂戴《ちょうだい》――自称ふられたことのない男の、くだらないプライドのために追いかけ廻されるのは、真《ま》っ平《ぴら》ごめんだって――二度とここを出るもんですか」

「そうもいかない」

とせつら。

「仕事だから？」

「そ」

「なら、条件があるわ」

リリアは笑った。眼に狂気じみた光が点っていた。

「今夜、私を抱いて」

ひたむきな叫びであった。せつらはのほほんと首を横にふった。

「条件は受け付けない」

リリアは眼を閉じた。光るものが頬を伝わった。

「行くのが嫌だって言ったら？」

「連れて行く」

「美しい男に情はなし、か」

運命を凝視《ぎょうし》した声は、しかし、うっとりと溶けている。彼女がどんなに暗く深い水の底を覗き込んでも、この若者の美しさは変わらないのだった。

全裸の娘は立ち上がり、せつらの首に白い腕を巻きつけた。眼は固く閉じていた。こんなに近くで見たら、死んでしまいそうだから。

唇が近づき――その瞬間、せつらはリリアを突きとばして後方へ跳んだ。

彼が空中にいるうちに、リリアの身体は爆発した。

弾丸のように叩きつけて来る肉片や骨を、カバーした両腕で弾《はじ》きとばしつつ、せつらは戸口を抜けて廊下へ舞い下りた。見えない糸がドアを開けたのは、言うまでもない。

衝撃波が彼をよろめかせた。

「やったな」

とつぶやいた。

何者かが、恐らくはリリアも知らぬうちに、その体内へ爆発物を仕掛けておいたのだ。威力からして、一〇〇分の一ミリ四方もない「ミニオン・エクスプローシブ」を数個、血管中にだろう。

廊下の左右に人影が立っていた。標的はスーツにアタッシェ・ケース――ひとりずつなら平凡なリーマンとしか思えまい。

驚きがそいつらを包んだ。

「生きているぞ」

「射《う》て」

全員がアタッシェ・ケースを荷物のように抱えて、せつらに向けた。

真紅《しんく》の光《ビーム》がせつらに命中――する寸前、方向を転じた。レーザーは床やそいつらの胸部を直撃し貫《つらぬ》いた。

どのケースも両腕を肘《ひじ》ごとつけたまま床に落ちた。

血の滝が何条《すじ》も床に落下し、真っ赤な飛沫《しぶき》を散らした。

「どちら様?」

と秋せつらは、軽く頭をふりながら、体勢を立て直した。

第四章　幻視戦略班

1

「米軍の下請け?」

せつらは自分の生み出した惨状に眼を据《す》えた。

両腕を落とされ、喚《わめ》き声を放《はな》ちながら、男たちは敵意に燃える眼でせつらをねめつけている。ひとり――いちばん年配の男へ、

「月並みだけど、CIA?」

男はあっさりと首を横にふった。苦痛をこらえつつ、青白い顔で、

「NSAだ」

「国家安全保障局か。僕を殺すつもりなら、殺し返されるけど」

質問された男が答えようとしたとき、彼は反射的に左腕を耳に当てようと持ち上げ、苦痛と恍惚《こうこつ》と皮肉が入り混じった表情をこしらえた。

「君の実力は調べ抜いたつもりだ。しかし、これほどまでとは」

「NSAは、通信情報担当だと思ったけど。殺しもやる?」

男は答えず、小さくうなずき、

「了解しました。音声拡大します」

「ミスター秋」

と、別の――ずっと貫禄《かんろく》のある声が、男の胸あたりからした。外国人だ。

「私はNSA日本支局長トーマス・ベンソンだ。勝手なことを言うようだが、直接お目にかかりたい」

「いつ?」

「これから、ではどうかね?」

「オッケ」

せつらは、あっさりと応じた。血の気《ち け》を失った顔たちが、驚きの相を浮かべて、視線を交《か》わす。出血は止まっていた。意思による筋肉と血管の膨縮《ぼうしゅく》法を心得《こころえ》ているのだ。

「――本気か?」

通信役の男が訊《き》いた。

「放っておけば、おまえたちはまた襲って来る。今回は両腕だけで済んだけど、次は首が落ちる」

男たちは総毛《そうけ》立《だ》った。

淡々とした死の宣告とそれを告げる美貌《びぼう》の凄《すさ》まじさが、彼らの理解を超えた恐怖を創造したのである。

加えて、自らの暗殺に関わる最高責任者の申し出をその場で受ける精神構造が、さらにわからない。

別の生きものが前にいる――そう思った。

「ご理解に感謝する。では、すぐに、店の前へ車を廻《まわ》す。そこにいる連中のことは忘れてくれたまえ」

「では」

せつらは立ち尽くす男たちに軽く会釈《えしゃく》して、廊下を進みはじめた。床に落ちた腕も、爆死したリリアのことも忘れ果てたような、軽い足取りであった。


店の外へ出ると、すでに一台のベンツが待機中であった。

運転手はいない。正に自動車《オートカー》だ。

せつらが乗るとすぐ、ドアが閉じてスタートした。

二分とかからず停まった。

〈歌舞伎町〉――〈ラブホテル街〉の中に建つ、その手のホテルの一軒の前であった。

「101号室だ。受付は通さなくてもよろしい」

と車内にベンソンの声が響いた。

「どーも」

車を降りると、ホテルの出口から、初老の男と若い女のカップルが現われた。服装からして上司とOLだ。

たちまち、とろけた。陶然《とうぜん》とせつらを見つめる。

「な、何をうっとりしてるんだ?」

男が娘の肩を摑《つか》んでゆすったが、力は入らない。

「見るしかないんじゃない」

女は潤《うる》んだ眼を見開いたまま、経《きょう》でも唱《とな》えるようにつぶやいた。

「あんないい男……あんたなんか……人間じゃないわ」

「な、なにィ？」

「凄《すご》んだって駄目よ。あんただって、ぽーっとしてるじゃない。悪いけど、お付き合いはここまでにしてください」

「き、きさま——明日にでも、会社から追い出してやるぞ」

「ええ、結構。あんたみたいな醜男《ぶおとこ》と付き合ってたかと思うと、身体《からだ》が腐ってしまいそう。同じ会社になんかいられっこないわ」

「きさまあ」

男が摑みかかり、娘が平手打ちで応じたとき、せつらは、「101」とプリントされたドアを抜けたところだった。

外見と別の内装の室内が、せつらを迎えた。

TVで観《み》たことのある大統領執務室のようだ。

いま購入したばかりの超高級家具調度と照明、書《しょ》架《か》に囲まれたデスクの向こうから恰幅《かっぷく》豊かなスーツ姿が立ち上がって、こちらへ歩いて来た。はたして、トーマス・ベンソンであった。

「よく来てくれた。かけたまえ」

とソファを勧める。人好きのする笑顔だが、それを拭《ぬぐ》い取ったら、素《す》の表情は虎だ。

ためらいもせずに腰を下ろしたせつらを見つめて、こめかみのあたりを指でつついた。

「口調から少し幼いのかと思ったが、それで〈新宿〉一の称号が付くわけもなし。敵の真《ま》っ只中《ただなか》へ入って来たのに、平然どころか、ぽかんとしているばかりだ。いや、はじめて見るタイプだよ。実に珍しい。私がその筋の学者だったら、歓喜するだろう」

「用件」

せつらの言い草はにべもない。他人の言葉に影響を受ける人間ではないのだ。人間だとしての話だが。

　誰でも不快を顔に出すひとことだが、口調はぴんぼけだし、言われたほうはすでに溶けているしで、トラブルは生じなかった。

「正直に言おう」

　ベンソンは正面からせつらを見つめた。眼を固く閉じた。

「私は君の生命《いのち》を狙《ねら》っていた。森下春奈を捜《さが》し出し、本国へ連れ帰る上で最大の邪魔者だったからだ。だが、さっきの戦いぶりを見て気が変わった。戦いの神がそこにいた。いまだに工作員たちの腕を落とした武器の正体はわからんが、是非《ぜひ》とも我が軍に加わってもらいたい。さらに、ここが肝心《かんじん》なところだが、春奈捜しに力を貸してほしいのだ」

「残念」

　せつらは茫洋《ぼうよう》と返した。

「当人を見つけて、先の依頼人に引き渡す――それが仕事」

「依頼人のことは、わかっておる。当人に確かめたわけではないが、ベン・ケイシー」

　無論、せつらは沈黙している。依頼人の名前を告げるわけにはいかないからだ。

「エドガー・ケイシーの不幸な息子だが、不出来ではなかったわけだ。同じ幻視人として、春奈を求める心情もわかるが、あの娘の能力は、国家的規模の管理を必要とする。個人任《まか》せにはできん」

「彼に渡してから奪い返す」

「それはいい手だ。すでに一〇〇〇回も考え抜いたくらいにな。だが――」

　苦渋《くじゅう》の色が、高官の顔を歪《ゆが》めた。それはせつらの提案が、いかに困難かを示すものであった。

「ベン・ケイシーと森下春奈――これも正直、我々の手に余りかねないのだ。我が国といえど、同盟国の一都市に三軍の力《パワー》を集中させるわけにはいかん」

「三軍なら連れ出せるかな？」

　空気が固まる音がした。

ベンソンは瞑目《めいもく》したまま、

「そこで、君が必要になるわけだ」

と言った。

「彼女を捜し出し、我々に引き渡してほしいのだ」

「二重契約はできない」

「ふむ。では、依頼主が死んだ――乃至《ないし》行方不明になった場合はどうかね？」

「彼女次第」

「解放する？」

ベンソンが細く眼を開けた。

「或《ある》いは、別の依頼主の下《もと》へ届けるというのはどうだね？」

「二重契約はなし。改めて契約を行なう」

「それを待つしかないか。では、ここでサインを願おうかな」

彼は背後をふり返り、直立不動の秘書らしい男に、うなずいて見せた。

すべては準備されていたらしい。

男は内ポケットから畳んだ書類と電子ペンを取り出し、二人の間に置いた。

「ベン・ケイシーの死亡の瞬間から、我々の依頼を実行する旨《むね》の契約書だ」

「残念でした」

せつらのひとことは、さすがにベンソンの眼を見開かせた。一瞬、憎悪が恍惚を凌《しの》ぎ――すぐに戻った。

「何故《なぜ》だね？」

尋《たず》ねる声にも、怒りより疲労が濃い。

「あの娘は危険すぎる」

「ほう」

「この街にとっても、おたくの国にとっても、だ。幻視した光景は必ず実体化する。それ以前に幻《まぼろし》を何とかしなくては。それはおたくの国の科学でも無理だ」

珍しいせつらの長口上《ながこうじょう》であった。それを否定する者はいなかった。

「あの娘の視《み》たものを現実で否定し、単なる幻覚に変えてしまうのは、この街でしかできない。〈魔界都市〝新宿〟〉だけが、世界を救う」

熱弁ならば、大拍手と歓声が湧き上がるところだが、せつらだとうっとりするばかりだ。

次の決定的なひとことにも、ベンソンは即反応ができなかった。

「僕がケイシー氏の依頼を受けたのは、彼女の力に未知だったからだ。あんたたちは邪魔なだけ。早く出て行け」

少し置いて、ベンソンは、

「うーむ」

と唸《うな》った。いかにも惜《お》しい、という顔で、

「その前に、君はこの部屋から出て行けなくなるが」

「仕様がない」

せつらは立ち上がった。ベンソンへ、

「案内」

と言った。

アメリカ国代表は、きょとんとした――この美しい日本人は少しおかしいのではないかという表情になった。

「この私に君を無事にここから連れ出す案内役をしろ、と？　気は確かかね？」

「確か」

この返事と同時に、ベンソンは立ち上がった。それが不思議な行動だとでもいうふうに、

「え？」

と腰のあたりに手をやって触《さわ》りまくる。

歩き出す姿を見て、立っていた男たちが、顔を見合わせ、秘書らしい男が、話しかけた。

「支局長、どうなさいました？」

返事はなかった。ベンソンの顔は、あらゆる表情を失っていた。骨に食い込む痛みが意志を奪い去っているのだった。

彼はただ歩き続け、ドアノブに手を伸ばした。

ドアは向こうから開いた。

入って来たのは、白い布帽子をかぶったインド人と思《おぼ》しい老人であった。白い上下の上の顔は真っ黒に灼《や》けている。

せつらを見るや、白い歯がきらめいた。

彼はつかつかとベンソンに近づき、その身体を通り抜けた。

せつらは大きく後方へ跳《と》んだ。近づいて来た老人の向こう――戸口の前にもうひとりの老人が立っていた。

「幻か」

妖糸はすでに幻影の頭頂から股間までを断《た》ち割っている。

手応《てごた》えはゼロだ。ベンソンが倒れるのが見えた。不意に、黒い顔が眼前に迫った。予想外の速度で移動したのである。

せつらはよろめいた。インド人は彼の背後にいた。

だが、せつらが崩《くず》れ落ちると同時に、彼も真っ二つに断ち割られて、その場に膝《ひざ》をついた。

妖糸の技「幻斬《げんざん》」であった。

男たちがベンソンとせつらに駆け寄り――拳銃を抜いた。

「よせ」

英語で止めたのは、インド人であった。

そちらを向き直って、男たちは一様に、あっと叫んだ。

黒い顔から股間にかけて、赤い一線が走っている。それは消え失《う》せた幻を裂《さ》いた斬線《ざんせん》と同じ位置であった。

「殺してはならん。このマケシュがこの作戦の大顧問として命じる。この美しい男には、途方もない力が宿っている。私はそれを知りたいのだ」

「しかし――」

インド人は身を震わせた。両肩を抱いている。手をゆるめたら、二つになってしまうとでもいうふうに。

　ふわ、と男たちの前に、マケシュが現われた。幻だ。本体が回復していないのか、透き通っていた。

「私に〝通過〟されたいのか？」

　男たちは凍りついた。

　それを待っていたかのように、せつらの身体が宙に浮いた。

　え？　という顔が、意思の翳《かげ》を取り戻したとき、彼は美しい魚のように宙を泳いで、鍵《かぎ》のかかっていないドアにぶつかって外へと抜けていた。

2

　院長室のデスク・フォンが鳴った。

　メフィストの眼が光った。

　ディスプレイには「発信者不明」と出ている。本来なら通じるはずのない電話であった。

　空中に相手の分身を映し出すこともできるが、メフィストは受話器を耳に当てた。

「お久しぶりです」

　美しい女の声が、白い院長に存在するかどうか議論百出のもの、過去を運んで来た。

「ずうっとお待ちしていました、ドクター。ずっと」

「昔の話だが」

　メフィストの声も口調もいつもと変わらない。

「いえ。待っています、ドクター、私は今でも、約束の場所で」

　電話は切れた。

　病院のデスクを通していない直接の通信だ。

　メフィストもそれ以上のことはしなかった。過去は閉じられたのである。

　椅子に戻って、彼は思案し、つぶやいた。

「何が起きている？」

　そして、彼の姿は、二分と経《た》たないうちに、森下春奈の病室の前にあった。

チャイムを鳴らした。

返事はない。

ドアを開けた。

室内には誰もいなかった。

秋せつらがやって来たのは、三〇分ほど後であった。

紙のような顔色と細い呼吸《いき》を知ったのは副院長であった。

「全機能が霊的な機能不全に陥《おちい》っています。よくこれで――」

もう走り去ったタクシーの運転手は、宙をとんで車のドアにぶつかって来たと、駆けつけた看護師に伝えた。完全に意識を失っていたが、顔と状況だけで、ここへ送るしかないと判断したのは、さすがに〈新宿〉の運転手だ。料金は看護師が立て替えた。

治療を担当したのは、〝霊的内科〟であった。

ドクター・メフィストの診断は、

「霊的存在に生命パワーを吸い取られた」というありふれたものであった。

「残存エネルギーの状態から見て、吸収した相手は二重存在《ドッペルゲンガー》と思われる」

「すると、憑依魔《ひょういま》より厄介《やっかい》ですぞ。奴《やつ》らは単なる飢《う》えですが、こちらは情熱がある」

副院長である。

「退院まで少しかかりそうだ」

せつらは、〝霊的内科〟の一室に運ばれた。

深夜を過ぎた。

緊急受付に、マケシュと名乗るインド人が訪ねて来た。いきなり、

「秋せつらに面会したい」

と達者な日本語で要求した。

「面会謝絶です」

と応じたところへ、

「お通ししたまえ」

まるで透視でもしたかのような、ドクター・メフ

イストの声がインターフォンから流れ出た。

昏々《こんこん》と眠り続けるせつらを見て、マケシュは溜息《ためいき》をついた。メフィストは直接、ここへ導《みちび》いたのである。

「君が犯人だな?」

メフィストの指摘に、マケシュはベッドの方へ両手を合わせ、

「恐ろしい人でした」

と言った。

「恐ろしく美しく、強くて、恐ろしく不思議な。忘れられません」

「こころを奪われたかね」

「いえ、魂《たましい》までも」

「用件は――殺す気か?」

「はい」

とんでもない問いに、輪をかけた即答であった。

「彼を殺して、私も死ぬ――これこそが、私の人生の目的となりました」

「そうはさせんが」

「わかります。ならば、あなたも死んでもらわないとなりません」

「それはそれは」

メフィストの眼が妖光を放った。マケシュが一歩下がった。

いや、その場に立っている。もうひとりの彼が。二重存在《ドッペルゲンガー》は、しかし、不意に右を向いた。

何かが注意を引いたのだ。ドクター・メフィストよりも。

「およしなさいな」

と言ったのは、森下春奈であった。

「この人に手を出すと、許さないわよ、インド人」

「おまえも――視られた者か?」

二人のマケシュの唇が同時に動き、同じ言葉を放った。

「どうかしら」

春奈が前へ出た。マケシュの意表を衝《つ》いた動きであった。

立ち尽くすマケシュの左胸に、春奈の右手がのばした指先ごと突き込まれた。

ひとつの決着がついたと、メフィストにはわかったかもしれない。

春奈の手が戻った。

握っている――心臓を。

それは幻の心臓に違いなかった。胸を押さえてよろめいた二人のマケシュの胸からは、血の一滴も流れなかったからだ。

だが、二人のマケシュはよろめいた。空《むな》しく開いた口腔《こうこう》が、無駄な呼吸に励《はげ》もうと息を吸い――横倒しになった。

素早く本体に近づき、メフィストは右手を上げた。

「仕事を増やしたな」

春奈の瞳は白い医師を捉《とら》えた。

「あなたもライバルのようね、ドクター」

「さて」

「消えていただけるかしら」

この娘は、ドクター・メフィストに挑《いど》むつもりなのか。〈魔界医師〉に⁉

「君は森下さんではない。マケシュの口にしたとおりのものだ。本体は何処《どこ》にいる？」

「あなたも知らないところよ」

「ふむ」

白い病室の中で、静かな死を賭《と》した戦いが火蓋《ひぶた》を切ろうとしていた。

そのとき――邪魔が入った。

ベッドの上から、かすかな呻《うめ》き声が聞こえたのである。

春奈も――メフィストもそちらを見た。

せつらはもう一度、声を上げた。

「甦《よみがえ》ったか」

「甦ったのね」

声は同時であった。

対決の相手など忘れたかのように、春奈はベッドに走り寄り、眼醒《めざ》めつつある若者の顔を覗《のぞ》き込んだ。

「帰って来るのね——この世界へ。私の下へ」

その頭をそっと、しかし、情熱を込めて抱きしめるのを見ても、メフィストは何も言わなかった。

ドアが開いて、生命維持ポッドと看護師たちがとび込んで来た。

彼らが見たものは院長と死体——そして、ベッドの患者だけであった。

春奈の姿は空気に呑《の》み込まれていた。

「死体を運びたまえ」

と告げて、メフィストはベッドに近寄った。

まだ眼を開かぬせつらへ、
と言った。

「モテキだな」

「それほどでも」

眠そうな声が、柳眉《りゅうび》をひそめさせた。

「覚醒していたのかね」

「おまえがやって来る少し前にな」

せつらは起き上がった。

「なぜ、止めた？」

戦う寸前だったのだ。

「正直——確率は五分《ぶ》と五分」

「ほう、私があの女ごときに敗れると？」

「可能性の問題。これも勘《かん》だけど」

「あの女は消えた。何処へ行ったかわかるかね？」

「医者が一般市民の抹殺《まっさつ》を考えるのはよしたら？」

「人のこころを読むのは、人捜し屋《マン・サーチャー》の条件かね？」

「ま、色々と」

「私のこころだけにしておいたらどうかね？」

「商売上がったり」

「さっきのインド人が二重存在《ドッペルゲンガー》を武器に使うのはわかる。だが、あの女は違う。どうして現われた？　少なくとも、幻視人が自分を夢に見た例はない」

「当人に訊くといい」

せつらは突き放した。ドクター・メフィストを。

「けど、お蔭《かげ》で何とかなりそうだ。ありがとう」

ぺこりと頭を下げて、

「着替えするけど」

「失礼」

メフィストは部屋を出た。

すぐにせつらも現われた。

「つかぬことを訊くが、何処へ行く?」

「女のとこ」

「居場所がわかったのかね?」

「糸が巻けた」

「幻にかね?」

尋ねるメフィストに、さしたる不信感はない。何でも起こる街なのだ。

「よく眠ったせいかな」

せつらは片手をふって歩き出した。

自分でも糸の理由はわからない。だが、それは確実にせつらを春奈の下へと導いているのだった。

病院前で待つタクシーに乗って、

「〈東五軒町《ひがしごけんちょう》〉へ」

と告げた。


夜明け前の光の下に、並んだ百軒の住宅は、そのサイズのせいか、ミニチュアのように見えた。

「ここか」

〈区〉が〈魔震《デビル・クエイク》〉の被害者用に売り出した格安物件だが、売れ行きは四割に満たないとされている。

数軒、明かりが点《とも》ってはいるが、殆《ほとん》ど眠りについたままだ。

せつらは迷うこともなく、西側の隅《すみ》にある一軒の前に立った。明かりはついていない空家だが、糸は違うと言っている。

用心するふうもなく、せつらは歩き出した。

同じ頃、〈新宿中央公園〉の一隅で、六人の男が緊急緩和《かんわ》剤の服用にもかかわらず、冷たい汗に全身をまみれさせつつ、あるものに近づいていった。

森の中である。

それは六、七メートル前方の草を褥《しとね》に横たわっていた。

時期と外形からして、今が最も安全なときだ。

今ならば――

先頭のひとりが、手首に巻いたリモコンのキーを操作するや、上空に待機中のドローンから、小さな物体が投下された。

それは獲物《えもの》の頭上二メートルほどで半透明の海月《くらげ》のように開いて、その上に舞い降りた。照準は頭部内側の三次元センサーが担当する。全体をカバーすると同時に、センサー下部のボンベから霧状の麻酔ガスが流れはじめた。一切《いっさい》の噴射はなく、ガスの重みで沈下していくのは、それを眼醒めさせないためだ。そよぐ風ですら要注意なのである。

「生体反応――レベル8――7――6――」

全員ヘルメット着用の中で、大きなゴーグルを下ろした男が告げた。

ゴーグルの視野には、センサーの伝える目標に関する数値が休みなく表示されているはずであった。

「――3――2――1――目標、眠りました」

リーダーが低い汗まみれの声で、

「第一作業完了」

と告げた。

全員の身体が弛緩《しかん》した。この作業の失敗が、〈新宿〉全体に及ぼす脅威は、とりあえず回避されたのであった。

「ドローンにて吊《つ》り上げ。外の車輛《しゃりょう》へ運べ」

「了解」

網がすぼみ、つうと上昇した。ドローンとは極細のコードでつながっている。

ドローンは〈ハイアット・リージェンシー〉方面へと移動を開始した。男たちの全身を再び緊張が捉えていた。目的地――〈区立超理研〉――超理化学研究所へ搬送し終えるまでは、生命ではなく精神と魂がかかっているのだった。

円盤状の機体が塀を越えた。後は搬送車の操縦にチェンジする。

一同の表情《おもて》に安堵《あんど》が兆《きざ》したとき、悲劇は起こった。

機体の一部がこちら側にいるうちに、黒い影が地上から襲いかかったのだ。

まさに間一髪《かんいっぱつ》の数分の一——あらゆる障害に対して五感を研《と》ぎ澄ませていた男たちが、後《おく》れを取ったのは、奇怪な翼と胴体を持つ影が、数十センチ後方の空間から、忽然《こつぜん》と現われたからだ。まず大丈夫という気の緩《ゆる》みもあった。

鎌状の嘴《くちばし》か、蝙蝠《こうもり》そっくりの翼がぶつかったのかはわからない。

男たちの手から真紅《しんく》のビームが、黒影《こくえい》を貫《つらぬ》く寸前、機体は大きく傾いて、塀の外へと落ちた。明らかに降下ではなく落下であった。

「いかん⁉」

と叫ぶリーダーの声に、誰も反応しなかった。

彼らは立ったまま別の世界に没入したのである。

3

住宅のドアをノックしても返事はなかった。空家が建前《たてまえ》だ。誰もここに住む女を知るまい。

「失礼」

せつらは声をかけた。

屋内の気配が、ぎゅっと固まった。

やや間を置いて、

「どうして、ここが？」

と春奈の声が訊いた。

「入るけど」

「待って」

足音が近づき、ロックを外す音がした。

開かれた戸口の向こうに春奈が立っていた。内部は家具ひとつない。春奈ただひとりだ。

「一緒に来る？」

せつらが訊いた。

「嫌よ」

「君は本物だ」

せつらは糸の伝えたことを口にした。

「病院へ来たのは幻視体の実体化したものだ。いつから器用な真似《まね》が？」

「わからないわ」

春奈は背を向けて、身を固くした。

「ここで視たのは、あの男に襲われるあなただった。助けなくちゃ、と思ったとき、あそこにいたのよ」

「視る者と視た存在《もの》が一緒になったか」

だから、糸が巻けたのか。

それは同時に、〝幻視〟のもたらす危機がランクを上げたということを物語っていた。

「来てもらう」

とせつらは言った。

「嫌よ。私にはまだやることがあるの。それより、誰が私を連れ戻すよう依頼したの？〈区〉のお偉いさん？」

「僕自身」

「えっ⁉」

春奈の顔がかがやいた。

「あなたが私を？　何をしようというの？」

「もう一度、〈メフィスト病院〉へ連れて行く。そこで解決策を」

「駄目よ」

春奈はきっぱりと言った。

「何があっても——私が鬼に変わっても、この街から動かないわ。幻視した光景をチェンジさせるまでは、ね」

「それだ」

せつらは珍しく、春奈を指さした。

「この街の何を視た？」

「終末」

「あっさり言う。幻視した光景は鉄、と聞いてるけど」

「未来は必ずしもひとつじゃないのよ」

春奈は窓の方へ眼をやった。

闇の中に点々と明かりが点っている。その下で同じだけの人生が送られているのだった。

「私たちが歩いている道は、常に無限の枝道に分かれている。私たちは無自覚にその中の一本を進んでいるだけよ。何かの拍子《ひようし》で、足はいつでも別の道へ移るわ。世界の滅亡を救うためには〈魔界都市〉が犠牲になるしかない——私の視たものはそう告げたの。でも、ここにいる間に、私はとてもこの街が好きになった。そして、ぎりぎり〈新宿〉を救えると判断したの。でも、それには、それなりの手続きと苦労が必要なの」

「やれる?」

「恐らくは——でも、そのやり方が今でも霧の中なのよ。さっきの虚実《きよじつ》の同一化でヒントは摑めたんだけど、道を外すまではいってないわ」

「手応えはあり」

「そうよ。材料は揃《そろ》ったような気がする。でも、どう料理したらいいのかが」

「いい料理人を紹介するよ。今は医者だけど」

「ドクター・メフィストでも、幻視を変えるのは無理だわ」

「へえ」

と感心してから、

「あれは?　ベン・ケイシー」

「一度アメリカで会ったわ」

春奈は硬い声で言った。

「へえ」

「幻視を変える方法なら知っている、と」

「ほう」

「でも、目的がよくなかった」

「ほう」

とせつらは次を期待した。エドガー・ケイシーの息子が、どんな人間なのかこれでわかる。単身、〈新宿〉へやって来た真の目的も。

だが、先を促《うなが》す前に、せつらはドアの方を見た。家の周囲に張った〝探《さぐ》り糸〟に、複数の人数がかかったのだ。

「何か？」

春奈が緊張の表情になった。いわゆる超能力者ではないが、やはり、何となくわかるらしい。

「五人。この顔は――」

「あなた――透視ができるの？」

春奈が眼を丸くした。

一〇〇〇分の一ミクロンの糸が、人間の顔の凹凸《おうとつ》までを探り抜き、せつらの手に伝えて来るなど、〝幻視〟にも測《はか》り難《がた》いことであった。

「SFOV？」

と春奈。

「ノン」

「警察？」

「ノン」

訝《いぶか》しげな春奈へ、

「滞在費は？」

おかしな問いに、眼を白黒させて、

「そりゃあるけど――充分とは」

「ひと稼《かせ》ぎ」

「え？」

何よ、この人？という顔を無視して、せつらは部屋の西の隅へと跳んだ。驚くべきは、同時に春奈も東の隅へと宙を跳んだことであった。

呆気《あっけ》に取られている間に、ドアが開いた。

二人入ったところで、男たちは気がついた。先頭が、

「何だ、おまえらは？」

と叫んで、後の連中を凍りつかせた。

「警察だ。壁に手をつけ」

勿論《もちろん》、せつらだが、勿論、威圧感など皆無《かいむ》だ。

「何だ、この野郎、ふざけやがって」

とまともな反応が返って来たが、すでに魔法は発動していた。声は半《なか》ば溶けている。

「何してる?」

と後ろの三人が押し入り、春奈を見た奴はともかく、せつらを見た奴はたちまち恍惚と立ちすくんでしまった。それでも最短距離で魔法にかけられた先頭の男以外は、全員、身体の何処かから武器を抜いた。拳銃はともかく、短機関銃《SMG》まであるのは、セコい強盗や恐喝《かつあげ》犯の集団とは思えなかった。

「ここで何してやがる?」

「デート」

せつらの返事に、春奈が頰《ほお》を染めた。

「——だったら、運が悪かったな。ここは、宝の隠し場所だ。デート・スポット向きたあ言えねえぜ」

「はあ」

男たちの布陣がコケたのは、この返事のせいではなく、せつらがスタスタと近づいて来たからだ。

ひょっとして、おれが気に入ったのか?——全員がそう考え、それを異常とは思わなかった。

せつらは前から三人——いちばん老《ふ》けた男の前で立ち止まり、すうと顔を近づけた。

「……………」

男は眼ではなく、脳でせつらを視ていた。せつらが誰で、何をしているのかという問いも、床下に隠した盗品を奪いに来たのではないかという疑惑も、それに対する怒りと殺意も湧いてなど来なかった。美しいものがそこにいる。それだけだ。

「特別指名手配、生死にかかわらず賞金一千万円——倉田蔵吉《くらたくらきち》」

とせつらは言った。

「賞金はいただく」

「ふざけるな」

男たちが斉唱した。

彼らは引金《トリガー》を引いた。指は動かなかった。せつらの美しさに酔い痴《し》れたせいもあるが、見えないチタンの糸が用心鉄《セフティガード》もろとも固定しているのである。

せつらは倉田に向かって、

「宝物はどこにある?」

と訊いた。

「誰が……」

しゃべるものか、と抗弁する声も、呻き声も出て来ない。

「どこ?」

「ゆか……の……した……」

紙色の声であった。

「出せ」

三分とかけずに、切り開いた床板の下から、倉田の部下のひとりが、バッグに入った〝盗品〟を運び出したのである。せつらが眼を通して、

「宝石、株券、禁制品の癌《がん》治療用妖物《ようぶつ》の血清《けっせい》、不死身製造細胞その他――〈区外〉で商《あきな》えば、ざっと五十億。警察へ届ければそれっきり」

「向こうは一千万円」

春奈の服が妙な光を帯びた。

「こっちは五十億――さばくルート知ってます?」

せつらはうなずいた。幸せなことに、地獄の苦痛で五感が麻痺《まひ》した男たちは、この恐るべき会話の意味を理解できなかった。

「邪魔者は消せ」

とせつらは言った。

春奈の眼光が危険度を増し――急に消滅した。

「一千万で我慢するわ」

「それはそれは」

何も知らない男たちを、せつらはちらと眺《なが》めてから、

「やっぱり尾《つ》けられてる」

と窓の外へ眼をやった。

春奈が、え? と眉《まゆ》を寄せる。

「重装備――米軍だ」

「どうするの?」

春奈の声は上《うわ》ずっている。

「頭上一〇メートルにドローン一機。ミサイル装備。地上は掃討《そうとう》用ロボット一台。人間は七名」

緊張にこわばる春奈へ、

「さて」

とせつらは、さらに不安を掻《か》き立てた。


日本支部の連中が春奈の居場所を突き止めたのは、アメリカ時代に体内へ埋め込んでおいた識別用の放射性物質による。今まで放置しておいたのは、時間が経って放射線が弱くなったため、センサー片手に〈新宿〉中を捜し廻らざるを得なかったからだ。


ようやくこの空家を特定できたのは一〇分ほど前で、人数と装備を集めるのに今までかかった。

突入——と思ったとき、ゴロツキと思しい五人の男たちが先に侵入したが、それきり出て来ない。

「おかしいぞ。ミニ・ドローンを出せ」

リーダーの指示で、全長一センチほどの密偵《みってい》が準備された。

「偵察後、侵入させろ」

機体はその名前——「オスバチの羽音《DRONE》《はおと》」に反し、音もなく空家を巡《めぐ》りはじめた。

ドローンからの映像は、全員がかけているサングラスのスクリーンに示される。

「男六人に女ひとり——みな倒れているが、血は流れていないようだ。何があったのか、確認しないとわからん。ドローンを突入させる」

窓ガラスから遠ざかり、一気にぶつかった機体は、難なく内部に侵入し、死体のセンシングを開始した。

「全員、生体反応なし」

とコントローラーはつぶやいた。

「何があったか知らんが、殺し合ったらしい」

「しかし、銃声はしなかったぞ」

とリーダーが異議を唱えた。

「とにかく死んでるんだ。死体の確認をしなくちゃならない」

「よし――突入」

正面と裏口からとび込んだ男たちの前には、累々《るいるい》と死体が横たわっていた。

三人が生体反応センサーを向け、

「外傷はない。毒殺とも違う」

と首を傾《かし》げた。

「とにかく、死んじまったものは仕方がない。焼き捨てて撤収するぞ」

「了解」

と応じたときにはもう、焼却担当が、戦闘服の胸につけた焼《しょう》夷《い》弾《だん》を外している。

「全員、出ろ」

安全リングを咥《くわ》えて抜き、発火ボタンを押す――

その瞬間、彼――と他の全員も凍りついた。

「消防車を呼ぶぞ」

死体が起き上がった。

せつらの左手がわずかに動くと、春奈が我に返った。

「外へ」

と伝えて、出て行くのを確かめ、

「ベンソンといた」

せつらの相手はリーダーであった。ラブホ内に設置されたSFOVの支局――そこで見た顔だ。

こわばった無表情が不意に崩れた。糸がゆるんだのである。

「きさま――どうして?」

声は出すが、内容にふさわしい怒りも驚きも感じられないのは、痛みがなおも続いているからだ。

「生体反応はなかった。なのに――」

「鍼《はり》とツボ」

それでも反応を示さなかったリーダーが、次の瞬間、心臓の上あたりを押さえて、うっと呻いた。

「仮死点」

せつらが告げたのは、鍼《しん》灸《きゅう》でいうツボのひとつであった。ある角度と深さでそこを刺せば、一時的に呼吸も血流も停止する仮死状態に陥る。センサーですら、生命反応を探れぬ「死体」が出来上がるのだ。無論、鍼を打つ角度も深さも、一〇〇〇分の一単位でも狂うのは許されない。せつらの技術《うで》と不可視無限長の〝鍼〟ならではの成果であった。

「ベンソンは何処にいる?」

とせつらは訊いた。

いつもの彼なら、初対面のとき、こいつは厄介だぞと判断した時点で妖糸を巻いておく。ベンソンも例外ではなかったのだが、インド人の二重存在《ドッペルゲンガー》に攻撃された際に、糸を離してしまったのだ。その前に斬断《ざんだん》する暇《いとま》もない恐るべき攻撃であった。

「言うと……思うか?」

地獄の苦痛の中で、リーダーは笑おうと努めた。

「うん」

なんという無邪気で美しい、それだけに鬼気《きき》迫る返事か。

だが、このとき、せつらはあるミスを犯していた。

リーダーの腹部には、舌の圧搾《あっさく》で起爆する自爆弾がセットされていたのである。

それもリーダー個人のみならず、幾千片の鉄片を撒《ま》き散らし、周囲の人間も殺傷せずにはおかぬ道連れ兵器であった。

ベンソンの場合と等しく、せつらには二重存在《ドッペルゲンガー》の影響がまだ残っていた。それが妖糸による体内チェックを忘れさせたのだ。

次に来る地獄の痛みを待たず、リーダーは奥歯を舌で押した。

爆発が生じた。

第五章　月見に出る

1

〈メフィスト病院〉へ、高見沢良作《たかみざわりようさく》の妻が十歳の男の子と七歳の女子を連れて訪れたのは、せつらが、建売住宅へ着いたのと同時刻であった。

「いかがでしょう?」

と訊《き》く妻へ、

「正直、思わしくありません」

メフィストは、それこそ正直に答えた。

「まだ、視《み》えるのでしょうか?」

「減少してはおります。日常生活に支障はありません。ですが、退院を許可はできません。新たな〝幻視〟がいつ生じるか、私にも判断できないのです」

妻は肩を落とし、すぐにかたわらの子供たちを見た。

二人は母に応《こた》えず、陶然《とうぜん》と白い医師を見つめている。

「会わせていただけませんか?」

妻は悲痛とさえ言える声をふり絞ったが、メフィストは、呆気《あつけ》なく、

「承知しました」

と立ち上がった。

〝幻視者〟の病棟は裏庭にある。

池や森を含む広大な風景に、高見沢の妻子は呆然《ぼうぜん》となった。ここは〈新宿〉の真ん中ではないのか。

それが、池にはボートが浮かび、森の中をさすらう患者たちの姿が見える。

メフィストが足を止めたのは、赤煉瓦《れんが》造りの建物の一階に並ぶ木のドアの前だった。

患者は広い居間の肘《ひじ》かけ椅子《いす》に、こちらへ背を向けてかけていた。

「面会です」

メフィストの声に、患者はゆっくりとふり返った。

「奥さまとお子さんたちだ」

不意に、このひと声が室内を支配した。

「怖いんだよ、先生」

顔を見合わせる妻子にうなずいて安堵《あんど》させ、

「何がだね？」

とメフィストは訊いた。

「昨日までは平気だった。おかしなものは何も見えなかったんだ」

「…………」

「それが――今朝、急に――」

患者は顔を覆《おお》った。それから、すぐ顔を上げて妻を見た。睨《にら》みつけたと言ったほうが正しい。

立ちすくむ三人へ、

「何故《なぜ》――来た？　おれが視たのは、おまえたちが死ぬところだ」

「あなた」

「おまえたちはここへ来て、知也子《ちやこ》、おまえがおれを――」

メフィストは、妻がコートのポケットから拳銃を抜くのを見た。

「ごめんなさい」

声と眼から涙が溢《あふ》れた。

「あなたのいるお蔭《かげ》で私も子供たちも、何処《どこ》へも落ち着けないの。引っ越せば、あなたが視たという幻《まぼろし》が追いかけて来るの」

絶叫と言ってもいい言葉が終わっても、拳銃は火を噴《ふ》かなかった。

メフィストの靴先が、彼女の影の手を踏んでいたのである。正《まさ》しく影踏みだが、これは影捕りとでもいうべきか。

「〝幻視〟は否定された」

とメフィストは言った。彼は妻の手から拳銃を奪い、ケープの内側に収めた。

「ママ――パパを射《う》たないで」

娘が半泣きで女に抱きついた。

「ドクター」

高見沢が呻《うめ》いた。

「いや、やはり、いま視たとおりだ」

あり得ないことが起きた。

白いケープから拳銃が滑《すべ》り落ちたのである。こぼれた、と言ったふうが正確なそれは、抱きついた少女が、偶然離した右手の指の中に入り、少女はそれを握って半転した。

メフィストの手が拳銃を押さえた。間一髪《かんいっぱつ》、遅れたということがあり得るか、メフィストよ。少女は拳銃を兄に放り、立ちっ放しの兄はそれを摑《つか》むや、ただ引金《トリガー》を引いた。銃口は自然と父を向いていたのである。

母は子供たちに何かを教えていたのかもしれない。

銃声が室内を渡り、眉間《みけん》に射入孔《しゃにゅうこう》を開けた患者は脳漿《のうしょう》を噴き散らしながら、のけぞった。

仰向《あおむ》けに倒れる身体《からだ》を白い腕が抱き止めた。

「最後の幻視は、息子に射たれる父か」

彼は空中に看護師を呼び出し、ポッドを持って来るよう命じた。

「やめてくれ、ドクター」

背後の声にふり返ると、高見沢が立っていた。前方に横たわっているのも当人だ。どちらが幻かを問えば、答えは後ろだろう。

「何故だね？」

「おれはこのまま死んだほうがいいんだ。あんたにもわかるだろう」

「医者の仕事はひとつ——患者の治療だ。それは新たな生の供与《きょうよ》を目的とする」

「死んだほうがいい奴《やつ》でも、か？」

「君の言うのは善悪——モラルの問題だ。医者にとっては病む者と病まない者がいるだけだ。そして、病むものは必ず病まざる者に変える」

「女房はおれを殺そうとした。失敗《しくじ》ったときの用心に、長男と長女にも、殺せと言い含めてやがった。おれは怨《うら》みはしねえよ、ドクター。そんな決心させちまって、済まねえと思うだけだ。先生、おれを放っておいてくれ」

「そうはいかんな」

ポッドと看護師たちが駆け込んで来た。

「私は仕事に戻る」

「ドクター――待ってください」

高見沢の妻がメフィストに向けた眼には、悲哀と哀訴《あいそ》と涙が詰まっていた。

「この人はこのまま逝かせてください。助ければ、また前の繰り返しになります。私にも子供たちにも地獄が待っています」

「よろしい」

そんなに簡単に請《う》け負《お》っていいのか、と思えるくらいあっさりとメフィストはうなずいた。左手が高見沢の幻に向けられた瞬間、幻は消失した。

「ありがとうございます」

崩れ落ちる妻に、

「これから私は実体を救います」

冷《ひ》え冷《び》えと告げた。


だが、蘇生《そせい》室へ入る前に、高見沢は死亡した。

その寸前、ポッドの中で彼は両眼を開き、

「視えるぞ」

と言った。


できるだけの手を尽くしてから、白い医師は別の手術に移った。

骨髄《こつずい》性白血病である。さして困難な手術ではなかったが、メフィストの手は空中で停止した。

他のスタッフに任《まか》せ、彼は足早に手術室を出た。

目的地は瞑想《めいそう》室であった。

一〇〇〇坪ほどの灰色の空間には、メフィスト用のソファひとつしかない。

そこに腰を下ろし、メフィストは重い溜息《ためいき》をついた。

「私も――視た」

という言葉は、炎に包まれた。

震動が部屋の形を変え、構造材が落ちて来る。何処かで風が鳴った。

おしまいだ
とそれは伝えていた。

ああ、メフィストが燃えていく。

そのとき、チャイムが鳴った。

メフィストはソファから立ち上がって、戸口へ向かった。

訪問者は看護師と一組の親子であった。

「高見沢です」

と、夫らしい男が頭を下げた。家族に射殺された男であった。

「お蔭で今日、無事に退院ができます。家族も感謝しております」

「ありがとうございます」

涙ぐむ妻の横で長男と長女が笑顔を見せた。さっき父を射ち殺した子供たちであった。

「気をつけて行きなさい」

メフィストは穏《おだ》やかな笑みを見せた。


幸せそうな親子は立ち去った。

そこへ、副院長がやって来た。

「君は――脳外科《のうげ》の手術《オペ》中ではないのかね?」

「いえ」

副院長はきっぱりと否定し、それからすぐ、何処か曖昧《あいまい》な口調で、

「いいえ」

と繰り返した。

「よろしい――ハイマン氏の容態《ようだい》はどうだ?」

末期の咽喉癌《いんこうがん》で入院中の患者である。あと数日で完治できる。

「お忘れですか、先日亡くなりましたが」

「そうだった、かね?」

「はい」

今度は、はっきりと曖昧な返事であった。

しかし、

「よろしい。他の患者で危篤《きとく》状態の者はいるかね?」

「目下《もっか》ひとりもおりません」

昨日の報告では五四名が該当した。

「重畳《ちょうじょう》だ」

メフィストは疑いをはさむふうもない。

「では、外科病棟にホスゲンを噴霧《ふんむ》します」

「よかろう」

メフィストよ、これは夢なのか現実なのか。おまえは知っているのか？

「これで、みな安らかに過ごせる」

と白い院長は冷たく妖《あや》しくも、ガリラヤの河のほとりでパリサイ人《びと》が見たある人物と同じ、慈悲《じひ》深い笑みを浮かべて口にした。

せつらはリーダーに近づき、

「吐く？」

と訊いた。

「真っ平《まっぴら》だ」

不意にリーダーは床を蹴《け》って戸口へと跳《と》んだ。


せつらに妖糸を送る暇《いとま》も与えず、全員が逃げ去った。

せつらは春奈をふり返って、

「行くよ」

と声をかけた。

「うん」

二人は肩を並べて外へ出た。

東の空がうっすらと白んでいる。

せつらが足を止めた。

「どうしたの？」

春奈が首に腕を廻《まわ》して来た。

「これから、どうする予定だった？」

せつらは眼を閉じていた。その白面《はくめん》にはじめて、苦悩ともいうべき翳《かげ》を認めて、春奈は息を引いた。

「予定は？」

声に変化はない。

「『アカシア』でロールキャベツを食べて、それから『神内《じんない》温泉』で温泉とマッサージ」

春奈の声は弾《はず》んでいる。

「ふーん」

「何か問題でも？」

せつらは首をふって、

「確かに」

と言った。

「でも――おかしい」

「え？」

「何かがおかしい」

「え？」

大通りへ向かう前方の小路《こみち》の角を、むず痒《がゆ》い音といっしょに黒いものが曲がって来た。

全長は三メートルを超すが、首も手足も桁外《けたはず》れに太いせいで、ずんぐりとして見える。両手には鉄の枷《かせ》がはめられ、そこから身長と同じくらいの太い鎖《くさり》がのびている。鎖の先には棘《とげ》付きの鉄球がぶら下がっていた。音は鉄球がアスファルトの地面をこする結果であった。


「ゴーレム使い」

と春奈がつぶやいた。

「左様《さよう》――何とも美しいお二人。お目にかかれて光栄ですな」

挨拶《あいさつ》は巨人――ゴーレムの腰のあたりからした。シルクハット、燕尾服《えんびふく》と長靴《ちょうか》に身を固めた小男が立っていた。巨人の身体に隠れて見えなかったのである。手に握った乗馬用の鞭《むち》をひと振りして、

「ところで、こんな場所で私とこの粘土細工と出会ったらどうなるか、〈区民〉ならご存じでしょうね？」

「ただ殺す」

春奈は涼しげに言った。

「そーゆーことです」

男は、びゅっと鞭を鳴らした。

〈夜のゴーレム〉はユダヤの伝説どおり、土から出来た巨人である。それが殺人鬼と化して夜な夜な通行人を襲うことに、ユダヤ人協会からは、何者かの

流したデマか陰謀だと抗議の声が上がっている。

水のような黎明《れいめい》の光の下で道が揺れた。

春奈が後じさった。

その頭部へ、ごおと風が巻いて黒い塊《かたまり》が走った。

それでも春奈は後じさった。首のない身体のみが。

その身体が止まり、倒れる前に、男はせつらの方を向いた。

一瞬、立ちすくんでから、

「おや」

と小首を傾《かし》げる。

「ひょっとして——人違いでしょうか？　あなたは——別人だ」

いつの間にか、せつらは俯《うつむ》いていた。

「そのとおりだ」

低く低く。暁《あかつき》の光を脅《おびや》かさぬように。

「——私にい会ってしまったな」

2

「これは——驚いた」

男の最後の声は、つぶやきのように消えた。

「まだ人間性について学ばねばならんな——どちらが君だ？」

答えを待たず、男の身体は頭頂から縦一文字《たていちもんじ》に裂けて、地上に転がった。美しい切り口から黒血《こっけつ》が泥のように路上に広がった。

せつらは死骸《しがい》の背後の巨影を見上げた。

それは不意に片脚を上げて踏み下ろした。

地面が揺れた。〈魔震《デビル・クエイク》〉を思わせた。

下ろした地点から、地割れが四方へと走った。その上の塀《へい》と家々は、みるみる倒壊していく。

せつらは空中にいた。美身《びしん》を支える妖糸は、何処に巻きつけたものか。

鎖がとんで来た。ジャンボ機でも二つにへし折りかねない一撃であった。

躱《かわ》したものの、その風圧でせつらは数メートル舞い上がった。その代償は、鉄球のお返しであった。巨人は鎖を引き戻しても、鉄球は戻らず、ふられた角度とスピードを保って、巨人の顔面を直撃したのである。

鉄は粘土を砕《くだ》いた。

動きを止めて「死」を迎えた巨人を確かめて、せつらは鉄球を操《あやつ》った妖糸を外すや、春奈の方をふり向いた。いつものせつらであった。

「大丈夫よ」

頭を砕かれたはずの、白い笑みが待っていた。

「無事？」

「大丈夫」

せつらはうなずいて終わりにした。一分前に頭部を粉砕《ふんさい》された娘だということなど忘却《ぼうきゃく》している。

「行きましょう」

春奈が寄り添い、せつらの腕を取った。絶対に許されぬ行為だが、せつらは気にもせず歩き出した。

「アカシア」の名物、ロールキャベツをひと口やって、春奈は、

「美味《お》しいわ」

と眼を細めた。

「でも、何だかおかしいわ」

「何が？」

「ううん、うまく言えないんだけど——現実じゃないみたいな。いま朝の五時よ。そんな時間に『アカシア』は開いてないわ」

「夢の中？」

「そんな感じ——みんな、そうだわ」

「あんたもそうかい？」

いきなり、背後のテーブルにかけていた中年男がふり返った。

「おれも少し前から、そんな気がしているんだ。どっかおかしい。この世界全体がな」

「そう？　あたしは凄《すご》く楽しいわよ」

左側のテーブルを囲んでいた四人組のギャルのひとりが異議を唱《とな》えた。

皿には肉汁をかけたステーキが載《の》っている。

「これが生きてるんだなって感じ。これが夢なら醒《さ》めないでほしいわ。ねえ?」

三人の仲間たちがエールを送った。

「ね、出よう」

と春奈が、煮込んだ挽《ひ》き肉《にく》とキャベツを口にしかけたせつらの肩をゆすった。

「やっぱり、おかしいわ、ここ。危険よ」

外へ出て、〈歌舞伎町〉の方へ歩き出すと、春奈がふり返って、

「尾《つ》けてくるわよ、さっきの」

と言った。

「ギャル四人?」

「それだけじゃないわ」

へえ、と言ってすぐ、なるほどとうなずいた。放った妖糸は一〇人以上の足音と気配を伝えて来た。


しかも——増えていく。

「何者だ?」

とせつら。

「きっと、元からこの世界に属してる連中よ。私にはわかるの。私とあなたは違うから、敵視してるのよ」

「何もしてないよ」

「これからするの。あなたもわからない? ここが自分の世界じゃないって」

「さっぱり」

「やっぱり、もう取り込まれていたのね。首が飛んだ私が平気で出て来ても、気にしなかったもの」

春奈は、じんわりと言った。

「でも、私には区別がつく。そういう存在はあいつらにとって危険分子なのよ——この世界を破壊しようと企《たくら》むから」

「企まないけど」

「いいえ、一生誰かが視た夢の中にはいられない

わ。それは現実の世界で一生眠り続けることになる。しっかりしてよ」

背後の足音が近づいて来た。

「〈歌舞伎町〉へ紛《まぎ》れ込むわよ」

「それなら、メフィストのところが近い」

春奈は指を鳴らして、グーと言った。

病院の門の前で、春奈は背後へ眼をやった。

一〇人どころか〈靖国通り〉を埋め尽くす人々が追ってくる。

「デンジャラス。早く逃げよう」

ホールへ足を踏み入れて、二人は立ちすくんだ。

誰もいない。

広大な空間には、しかし、おびただしい人々の気配が残っていた。

呆然と見廻す春奈をその場に、せつらは受付へ近づいた。看護師が二人、いつものとおり、こちらを眺《なが》めている。

せつらを認めると、頬《ほお》を染めつつサングラスをかけて、

「秋さん」

と言った。何度か会ったことのある若い看護師である。

「空《す》いてるね」

この指摘に、二人は眉《まゆ》を寄せ、

「いいえ、いつもより混んでますよ」

と返した。

「ほら、いっぱいじゃありませんか」

ホールは静まり返っている。

せつらは、うんとうなずき、

「院長は何処？」

「ここだ」

ホールの東回廊への出入口から、白い影がやって来るところだった。

患者を安堵させるためのひそやかな足音は、せつらたちの前で白い医師に変わった。

「ようこそのご入来《じゅらい》だ」

「暇《ひま》だね」

せつらの指摘に応えもせず、

「世界の話で来たか」

と言った。

春奈の顔に安堵が広がった。

「やっぱり――〈魔界医師〉はわかっていたのね」

「ただし、手遅れだった」

「え？」

と言ったのは春奈だが、眉をひそめたのはせつらも同じだ。

「私は病院全体にホスゲンを散布した。全員死亡だ」

「何てことするの!?」

春奈の声は怒りと恐怖で震えていた。

「最早《もはや》手遅れだったが、その行為で私は尋常《じんじょう》の私に戻った」

「信じられないな」

せつらが眉の上を横に撫《な》でた。眉唾《まゆつば》というわけだ。メフィストは動じもせず、

「償《つぐな》いはしなくてはならん。この世界を脱出することだ」

「それよ」

春奈は大きくうなずいてから、ホールのガラス扉に眼をやった。

いる。

無数の顔がガラスの向こうからこちらをねめつけている。この世界の破壊を知り、阻止《そし》せんものと。

「今は私と彼女の力で押し留《とど》めているが、この先はわからん。早急に手を打たねば」

「どうする？」

とせつら。他の連中だったら首を絞めに行きかねない、春の宵《よい》の声だ。

「最も弱い部分を衝《つ》くのよ」

「そのとおりだ。だが、そのポイントが今の我々には見つからん。元の世界で、こちらに取り込まれず、なおかつ我々に匹敵する幻視能力を持つ存在で

なくてはならん」

「はい」

せつらが右手を上げた。

「ひとりいる。けれど――」

二人の視線が集中しても、びくともせず、

「そいつに事情を知らせる方法が」

と言った。

「〝伝言人《メッセンジャー》〟が必要ね」

春奈の言葉は真実であった。ただし、それに応じるものは、誰もいなかった。


ベッド内で熟睡中のベン・ケイシーは、ノックの音で弾《はじ》かれたように起き上がった。

普段なら眼醒める響きではない。音の持つ異様な響きが彼の精神を直撃したのだった。窓からの光は午後二時のものだ。エアコンが効いていて暖かい。

「何事だ?」

彼はパジャマのまま、ドアへと近づいた。カードテーブルに置いた護身用のブローニングも忘れていた。

ドアの前に立ち、

「誰だ?」

と訊いた。何かに操られているような気がした。

返事はない。

こういう相手は、ブローニングを取りに戻るか、フロントか警察へ連絡するか、無視するのが常道だ。

ケイシーは別の道を選んだ。

ドアを開けたのである。

その場に倒れるかと思った。

廊下のどんよりとした照明の下でもかがやく、秋せつらの美貌《びぼう》であった。

風か影のように、せつらは入室して来た。

どこから見てもせつらだ。

それなのに、

「——君は誰だ？」

とケイシーは訊いている。身体中から冷たい汗が噴いていた。

「一緒に」

せつらはドアの方を見た。

数分後、二人は〈歌舞伎町〉の〈噴水広場〉にいた。

昼夜の区別がない歓楽の中心は、ネオンと人の海であった。花火が上がり、音楽が鳴り響き、遠くで銃声と悲鳴が聞こえた。

広場のほぼ中央で、せつらは足を止め、五メートルも水を噴き上げる大理石《だいりせき》の噴水を指さした。

「ここだ。世界を救え」

指さす方を見てから、眼を戻すと、せつらは消えていた。

「幻か？」

とつぶやいたが、さして疑惑の念もこもっていなかった。彼も〝幻視人《げんしびと》〟なのだ。

「秋せつらの幻が現れ、ここを指さした。さあて、何を捜《さが》せという。これでは逆じゃないか」

ぶつぶつ言いながら、エドガー・ケイシーの息子は白い水を豪勢に噴出する台座を見つめた。

水はこれを囲む地に降り注ぐ——水中からひとつの影が立ち上がったのである。

「まずいわ」

と春奈が苦痛の表情を浮かべた。

「どうした？」

春奈は、せつらの声の方へ手をのばした。せつらを通り過ぎて、隣《となり》の白い医師へ。

指が絡《から》まり合ったのを見て、

「やっぱり夢か」

とせつらは納得した。患者以外の女性の手を、メフィストが握るなど、天地が裂けてもあり得ないことであった。

「はっきりしたわね、ドクター」

「そのようだ」

とメフィスト。

「この世界から刺客《しかく》が送られた」

ひと呼吸置いて、

「こちらへも」

と言った。

せつらが何か言う前に、各病棟へと続く回廊のひとつから、靴音が近づいて来た。


ケイシーは無駄口をきかなかった。

水中からの人影に、何者だの、何の用だの尋ねはせずに、後じさったのである。

素早く上衣《うわぎ》の内側からブローニングM一九一〇を抜いて狙いをつけた。

旧型もいいところの中型オートだが、その堅牢《けんろう》性と携行性のよさから今なお一線での使用に耐える。

影はひどくもやもやした空気中に広がった黒絵具の塊と見えた。頭部も手も足もついているが、顔は黒く塗りつぶされていた。

警告もなしで、ケイシーは一発射った。

確かに頭部へ命中したが、そいつは震えもせず、足も止めなかった。遥《はる》か向こうのゲーム・センターで、ガラスの砕ける音がした。

「私が幻視すべきものは、おまえじゃない」

とケイシーは言った。それから、少し情けない表情を伴《ともな》って、

「だからと言って、望むときに視られないのが辛《つら》い」

二発目を射つ前に、影はとびかかって来た。

3

視る者にとって、その認識は時間《タイム》によって異《こと》なる。一秒の視覚は充分だが、一〇分の一秒では不明と言うしかない。

この瞬間の幻視は正《まさ》しく一瞬であった。そして、

躍《おど》りかかったものが、縦横十文字に切断されて消滅したとき、彼の胸中を満たしていたのは、安堵感であった。

ふり向いて、

「いたのか？」

声は虚空《こくう》に吸い込まれた。

「夢にもものが斬れるのか」

そこにいたはずの美影身《びえいしん》への思いを断ち切って、ケイシーは噴水台へと歩き出した。

だが、恐らくはせつらもメフィストも春奈も、そしてケイシー自身も誤認していた事実がひとつある。

ケイシーの属する世界もまた、夢だということだ。

ケイシーは噴水台に近づき、水中を眺めた。

〝幻視〟の予感はあった。

水底《みなそこ》の敷石――その中央に、彼は奇怪なものを見たのである。

巨大な二枚貝としかいいようのないものを。

「これが〈蜃《しん》〉か」

ケイシーは呻いた。

中国の伝説にある巨大なる大蛤《おおはまぐり》は、海中で夢見ることにより、世界を創造するという。これが〈蜃〉である。

「ひょっとして――みな、こいつの夢に現われている存在《もの》たちか？　おれも、せつらも、米軍も――いいや、〈魔界都市〉全体が？」

彼は眼を閉じ、意識を集中した。

〈蜃〉を滅《ほろ》ぼすものを幻視せよ、と。

数秒後――彼は、

「わかった」

と言い放つや、池の中に入り、水中の巨大貝を両手で抱《かか》え上げると、頭上にふりかぶった。

「やめろ」

怒号と悲鳴が鼓膜《こまく》を震わせた。

彼とは異なり、この世界に属する者たちの叫びであった。〈蜃〉の死は、そのままこの世界の死と彼らの滅びに直結しているのだ。

遠巻きにしていた人々が、どっと押し寄せて来た。

ケイシーはためらわず、両手を地面へふり下ろした。


「あっ⁉」

と叫んだのは、水槽の〈蜃〉を観察し続けていた「超理研」のメンバーであった。

今の今まで尋常だった巨貝が、突如《とつじょ》、殻《から》も中身も砕け散ってしまったのだ。

そして、彼らは知らぬ。〈中央公園〉で捕獲《ほかく》してから今まで二十数分のうちに、世界と自分たちが丸半日の夢を見ていたことを。そして、せつらも。「東五軒町」での戦いで幻想の世界にいたことを。

ドクター・メフィストも炎に包まれながら、何事もなく退院する一家を見送り、院内に毒ガスを散布したことを。そう、永久に知らぬ。


米軍特殊部隊のリーダーが爆発した瞬間、駆け寄った春奈が、せつらを床へ突き倒した。

リーダーの自爆弾は、彼ひとりを四散《しさん》させるだけのパワーしか持ち合わせておらず、それでも、せつらの糸で金縛《かなしば》りに遭《あ》っていたメンバーは、爆風で床や壁に叩《たた》きつけられ、重傷を負った。

覆いかぶさった春奈へ、

「どうして？」

とせつらは床の上で訊いた。

「視えたのよ、そいつが吹っとぶところが」

それからのダッシュであったが、目的は果たされた。

せつらは春奈を見た。いつまでも降りようとしない。

すぐに気づいて、起き上がったが、よろめいた。

爆風の影響を食らったのだ。おまけに、他人の血だが——血みどろだ。

せつらがその背を戸口の方へ押した。

「これじゃ、歩けないわ」

悲しげにつぶやく春奈に待っていてと告げ、せつらは近くの住宅へ向かった。

五分ほどで戻った両手には、女ものの衣類が載っていた。

「信じられ——なくもないわ」

春奈は魔法にかかったみたいに虚《うつ》ろにつぶやいた。

春奈が戸口から覗《のぞ》いていると、せつらは住宅のチャイムを押した。中年の婦人が現われた。せつらが何か言い、婦人はすぐに引っ込んで、出て来たときは、恐らくせつらが要求した品を抱えて、手渡したのである。

「何て申し込んだの？」

衣類を受け取ってから訊いた。

「服を貸してもらえないかと」

「そしたら、何も言わずに用意してくれたの？」

「そ」

「でしょうねえ」

しみじみ言ってから、

「お金はどうしたの？」

「払うと言ったけど、とんでもないと」

春奈はもう何も訊かずに、

「これから、どうするの？」

「米軍退治」

「…………」

「着替えたまえ」

「その家で？　あなたのところじゃ駄目？」

「——いいけど」

「じゃ、そうさせて。コートだけ引っかけて行くわ」

春奈の表情は別人のように弾んだ。

警備センターのスクリーンが、メフィストが炎に包まれるのを捉《とら》えると同時に、常時待機中の救急リスポンス・スタッフが、生命維持ポッドを先頭に急行した。

到着まで院内ならば全件一五秒以内。このスピードは、院長自らの手になる移動ルートにあると言われるが、その存在を確かめた者はない。

瞑想室へ突入したスタッフは、平然とソファにかけた院長と、かたわらに立つ白衣の患者を見て、一瞬、力を失った。

――〈火食《ひく》い童子《どうじ》〉

と胸の中で共鳴し合ったのは、患者を通称で呼ぶことは禁じられているからだ。眼前の、四歳と三カ月の少年は、その名のとおり、あらゆる燃焼炎を吸収し、食糧として消化するのであった。

「何故、ここにいる？」

スタッフ・チーフからの質問に、

「わかんない。気がついたらいたんだよ」

と〈童子〉は答えた。

天井も壁も一部焼け落ちた惨状は、ドクター・メフィストを包む炎も真実であったと告げている。

スタッフの誰ひとり、メフィストに、無事かと問う者はいなかった。

ここにいる――それでいいのだ。この院長は誰の眼にも、生死を超えたところにいる。

「すぐ修理にかかりたまえ」

とスタッフに告げ、つくねんと立つ〈火食い童子〉に、

「助けてくれたな。私の炎の味はどうだった？」

と優しく頭を撫でて、外へ出た。

廊下へ出てすぐ。

軽く拳《こぶし》を握って、

「メフィストだ」

息でも吹き込むように、言った。

「拳が、何か？」

「重症ならすぐ当院へ来たまえ――森下春奈は君といるのかね？」

「外れ」

「なら、捜してもらいたい。大至急だ。通常の倍の報酬を渡す」

「五倍」

「いい死に方はせんぞ」

「んじゃ」

「わかった。もう知っているだろうが、彼女は間違いなく〝幻視〟を実体化する能力を備えている。彼女は〈新宿〉の滅亡を視たのだ。黙示録《もくしろく》の騎士をな」

「ふむふむ」

「至急捜し出してくれたまえ。〈区民〉の誰ひとり知らぬ間に〈新宿〉が崩壊する前に」

「承知」

と電話を切って、せつらは、店へと続くドアの方を見た。

開いたばかりだ。

髪の毛にタオルを巻き、胸から太腿《ふともも》までをバスタオルでくるんだ春奈が現われた。

抜群のプロポーションを狂わさないために胸は小ぶりなのか、と思われた。

「メフィストが捜している」

「私を？」

「そ」

「へえ」

と大した関心もなさそうに、せつらの入っている炬燵《こたつ》へ潜《もぐ》り込んで来た。

「風邪を引く。パジャマは用意してあるよ」

「知ってるわよ。誰用？」

「店のスタッフ」

「従業員がシャワーを使うの？」

「共同」

「へんなの」

と眼を丸くして、

「まさか、メフィストに渡さないわよね。やっとわかりました。あれは悪魔よ」

せつらの口もとを、はじめてそれとわかる微笑がかすめた。

「正解」

と言ってから、

「でも、引き受けたからね」

「やっぱり渡すつもり？」

「いつか」

「え？」

「時間は無制限だ」

「よろしく――」

春奈は右手を差し出し、せつらは軽くそれを握った。

「話のわかる男って大歓迎よ」

「それはそれは――ん？」

向こう脛《ずね》を柔らかいものがこすっている。

「あなたでも油断することがあるのね」

せつらを見ないようにしながら、春奈は悪戯《いたずら》っぽく笑った。

「感じは？」

「はあ」

「とぼけてる場合？　女なんて掃《は》いて捨てるほどこなしてきたんでしょ。それとも、あたしの好意だけ受けられないっての？」

「おれの注《つ》いだ酒が呑《の》めねえのか」

せつらは、ぽつりと言って、春奈を見つめた。

春奈の頬も身体も紅《あか》く染まっていた。シャワーの熱のせいではない。その若い肌の内側から噴き上げる欲情のせいだ、

「バスタオル一枚の女を前に何もしないって――まさかＥＤ？」

「それそれ」

春奈は噴き出した。

「嘘《うそ》ばっかり。ね、こういう条件付きならどう？　私がこの街に関して視たものを教えてあげる」

「む」

これは目下、せつらの最大の泣きどころを突いた

一撃であった。

眼を固く閉じ、炬燵の上に載せたせつらの片手を握りしめて、春奈は身を乗り出した。

唇が重なった。

しばらくは甘い時間《とき》が続くはずであった。

春奈が両眼を見開くのと、ふり向くのと同時だった。

緊張しきった顔に、せつらも緊張——したかどうかはわからない。少なくとも——

「視た?」

とは訊いた。

うなずく表情も固い。

「アメリカさん?」

「いえ——逃げて」

「?」

「あなた——殺されるわ」

「何処で?」

春奈は少しためらい、

「この部屋で」

「今すぐ?」

「それは——わからないわ」

「相手は?」

「黒い服にソフトを被《かぶ》った男たちよ。ひと昔前のブラック・メンそっくり」

「何人?」

「二人」

「見くびられたか」

「だから、早くここを出て。殺される場所にさえいなければ、殺されないかもしれない」

「君も着替えたまえ」

春奈は、はっと盛り上がったバスタオルの胸に手を当て、

「残念」

と言った。

「全く」

「本気でそう思う?」

「勿論《もちろん》」

「信じてあげる」

二人が立ち上がったとき、オフィスの戸口から、

「こんばんは」

穏《おだ》やかな声が入って来た。

第六章　影の国より

1

「どなた？」

予想はついているはずなのに、少しも緊張を感じさせない秋せつらの声であった。

「お邪魔します」

返事を待たず、三和土《たたき》から上がる気配が生じた。足音は聞こえない。

襖《ふすま》が開いた。

春奈が言ったとおりの服装が入って来た。どいつも中年過ぎだが、表情はない。

「ご用件は？」

「消えてもらう」

「単刀直入《たんとうちょくにゅう》」

とせつら。

男たちが右手をコートの内側へ入れた刹那《せつな》、全員の身体《からだ》は縦に裂けた。

正確には右と左がズレたのである。

ズレたまま右手は消音器《マフラー》付きの拳銃を抜いている。

かすかな銃声は、正確にせつらの左胸に吸い込まれた。

二人で六発ずつ――一二発を射《う》ち込んでから、男たちは春奈には眼もくれず、出て行った。

せつらは倒れている。

上半身は血にまみれていた。

「〈メフィスト病院〉へ」

と春奈はつぶやいた。

三和土から白い影が入って来た。

「ドクター・メフィスト⁉」

あんぐりと口を開いた女へ、

「嫌な予感がした」

と白い医師は返した。

「そ、それだけで？」

ここへ駆けつけたのか、と訊《き》きかけたが、春奈は沈黙した。

　この二人はどういう関係かと疑ったのである。

その間にメフィストはせつらの状態を調べ、

「九ミリ・パラベラム弾を一二発受けてる。犯人は？」

「黒ずくめの――ブラック・メンみたいな連中よ。あれは――」

「あれは？」

　ちらとこちらへ送ったメフィストの視線――その冷厳《れいげん》さと想像もつかない感情に春奈は凍りついた。

　怒りだ、と知れた。

　身体《からだ》の芯《しん》が凍りつき、あらゆる感覚が失われる。神に睨《にら》まれた人間。怨《うら》みを買うとは、こういうことか。

　だが、この世ならぬ呪縛《じゅばく》はそこで消えた。

「無事だ」

　メフィストの声が、耳の奥で妖《あや》しく鳴り響いた。

「でも――一二発も」

「〈救命車〉がじきに着く」

「はい」

　メフィストは、せつらの右手を取った。春奈の全身から急に力が抜けた。

「でも、あれは夢の国からの刺客《しかく》ではありません。わかります」

「と言うと？」

「幻視した存在そのものです」

「どうしてわかる？」

「何となくわかるんです。私たちは視ることのできる人間を〝幻視者〟と呼びますが、あれこそ視《み》られる存在《もの》――真の意味での〝幻視人《げんしびと》〟だと思います」

「それが、秋くんを射って、君には何もしなかった。何故《なぜ》だね？」

「わかりません。私なんかより、ドクターの考えを聞かせてください」

「君の証言を信じるしかない状況では、正しい判断とは言えんが」

彼の手はせつらの手に微妙な強弱をつけていた。強く握り、それからやや力を落とし、また強く――心臓からの血液の流れでも調節しているような気が、春奈にはした。

「君が視た〝幻視〟の対象でないとすれば、何処《どこ》かで誰かが視たものだ。それが意志を持って、この世界に現出し、しかも殺人未遂まで行なった。これが広がったらどうなると思うね？」

「彼らに殺戮《さつりく》の意思があれば、この世界の人々は容易に抹殺《まっさつ》されてしまうわ」

「そのとおりだ。何処からともなく自由に現われる殺人者を、人は絶対に防げない。そうなる前に手を打つ必要がある」

「どうするんですか？」

「君と――ベン・ケイシーの力がいる」

「何でも協力します。私は、そのために米軍の手から逃げて来たんです」

外から〈救命車〉のサイレンが近づき、ぴたと熄《や》んだ。風のように、看護師たちが生命維持ポッドともども駆けつけて来た。

「もう回復の途上にある」

と告げるのを聞いて、春奈は眼を丸くした。メフィストがやってのけたことといえば、せつらの傷口を見て、片手を握りしめただけではないか。これが〈魔界医師〉なのか。

手際《てぎわ》よくせつらをポッドへ移したスタッフのひとりへ、この部屋の清掃を命じて、メフィストは外へ出た。

黒いリムジンが停《と》まっている。二人して乗り込み、〈救命車〉の後ろに尾《つ》いて走り出した。

「まだ心配かね？」

メフィストが訊いた。

「はい」

「〈区外〉からの人間はこれだから困る。自信を喪失しそうだ」

この街で、メフィストの診断を疑う〈区民〉など

いないのだ。しかし、この白い医師が、ここまで人間的な言動を能《よ》くするとは。

せつらの回復は順調すぎた。

「明日には退院できる。仕事にも一切《いっさい》差し支《つか》えはない」

と病院でメフィストに告げられたとき、春奈は信じられなかった。

唯一《ゆいいつ》、気になることは――

メフィストに、小型のレーザー・ガンを借りて、春奈はせつらに付き添うことに決めた。

考えてみれば、ここくらい安全な場所はなかった。いかなる官憲の要求があろうと、ドクター・メフィストは院内の誰をも引き渡すはずもなかったし、実力行使となれば、いつでも受けて立ち、患者たちを守り抜くだろう。

だが、存在しない世界からの刺客は防げるかどうか。

「その前に君の検査をさせてもらいたい」

とメフィストが申し込んできたときも、春奈はためらわず受けた。

せつらの付き添いだ。髪の毛一本まで敵意なしと判断するまで、メフィストといえど眠れないのかもしれない。

〈区長〉の梶原が、急遽《きゅうきょ》面談を求めてやって来たのは、深更《しんこう》であった。

「ご用の向きは」

とメフィストは言った。わかっているという意味だ。

「よろしい。いま、君の下《もと》にいる森下春奈という娘を、引き渡してほしいのだ」

「米軍へ？」

「いや、〈区〉の施設で保護したい。彼女の能力は、〈区〉の運命すら左右するものだと聞いた」

「誰からです」

梶原は、苦々しい顔で、

「米軍だ」

と言った。

「私が、〈新宿〉の経営者を愛する理由ですな」

メフィストは微笑を隠さず、しかし、

「お断わりする」

と退けた。

「そう言うだろうと思っていたよ」

「見返りは何でしたかな？」

「〈新宿〉の運営費用を永久に立て替えてくれるそうだ」

「豪気《ごうき》な話ですな」

「全くだ。〈新宿〉は〈区外〉のいかなる国の援助も受けず成立し、財政は黒字続きだ。すると奴《やつ》らは、アメリカが日本から買い上げている〈新宿物資〉に八〇パーセント以上の関税をかけると言い出した」

「無茶が好きな国ですな」

「なにしろ、ＮＲＡ（全米ライフル協会）の会長が大統領になった国だからな」

「つまり米軍だけではなく、日本政府からもクレームがついた」

「左様《さよう》」

梶原はハンカチで額《ひたい》の汗を拭《ふ》いた。このハンカチを〈区役所〉では一階のホールに展示し、安くない料金で記念品として売り出し中だという。恐ろしいことに、結構さばけるそうだ。

「総理直々《じきじき》の申し入れがあってな。それで少々困ってだな」

「いっそ、独立したらどうです？」

「え？」

梶原は、驚愕《きょうがく》の表情を作ったが、半分はこしらえものであった。

〈新宿〉の独立話は、〈魔震《デビル・クエイク》〉の被害から立ち直った時点ではすでに持ち上がっている。〈魔震〉による被害は途方もなかったが、与えられた芳潤《ほうじゅん》さも途轍《とてつ》もなかったのだ。

妖物の細胞から抽出《ちゅうしゅつ》された癌《がん》の特効薬、幻を実体化する幻覚固定剤、〈亀裂〉中の岩石が変成したダイヤ以上に美しく黄金以上に柔軟な貴金属、地球が辿《たど》って来た歴史を、その瞳に灼《や》きつけた獣《けもの》プレビジョナー、三〇〇年以上の長寿を約束する汁を分《ぶん》泌《ぴつ》する怪植物ロング・イヤーズ、ｅｔｃ……

〈新宿〉はこれを〈区〉の独占品として、法外な値段で政府に売りつけ、政府はそれをさらに狂的な価格で他国へ輸出する。一時期、貿易摩擦《まさつ》から第三次世界大戦まで勃発《ぼつぱつ》させかけたこの品々は、今なお〈新宿〉だけの特産品であり、〈新宿〉が政府や他の自治体の世話にならずに活動していくための最大の経済的基盤なのであった。

無論、政府からの圧力もかかる。〈区〉の特産品を〈国〉のそれとして統制下に置こうとの試みは何度もなされてきた。それを撥《は》ね返してきたのは、歴代〈区長〉による脅《おど》しと、現実に起きた政府高官たちの死亡事故であった。

〈区民〉なら誰でもわかる、その原因と方法と加害者が、〈区外〉では霧の中なのである。ついに政府は手を引き、〈新宿特産品〉は〈新宿〉の懐《ふところ》を潤《うるお》すのみとなった。このままいけば、極端な話――国家内独立地区として生きていくのも、充分に可能なのであった。

「莫迦《ばか》なことを」

梶原ははははと笑ったが、眼だけは深刻であった。それはメフィストの意見が検討に値《あたい》するものだと、認めていることであった。

「あの大統領は一期ではやめんよ」

とメフィストは言った。

「あれだけの銃器犠牲者を出した温床ともいえる組織の長がトップに昇りつめた国だ。八〇パーセントといわず五倍、一〇倍まで増える恐れもある。切るなら今のうちだ」

「しかし――」

梶原は新しいハンカチを取り出した。汗の量はさして変わっていない。ハンカチを増やす気だ。

「考えておきたまえ」

　メフィストはこう告げて、

「とにかく、治療途中の患者を正当な理由なくして退院させることはできんし、許さん。米国の大統領によろしくお伝え願いたい」

　梶原は、うーむと唸《うな》り、

「考え直してはもらえんか？」

　と訊いた。

「断わる」

「うーむ」

　梶原は立ち上がり、メフィストに一礼すると、うーむうーむと洩《も》らしつつ出て行った。

　空中に婦長の顔が浮かんだ。

「塩を撒《ま》いておきたまえ」

　とメフィストは言った。


　梶原を乗せた公用車は、真っすぐ、〈四谷《よつや》ゲート〉を抜けて、虎ノ門《とらのもん》のアメリカ大使館に入った。

　大使とベンソンNSA日本支局長が待っていた。

「どうだったね？」

　開口いちばんに尋ねたベンソンは、右腕を肩から吊《つ》るし、左半顔に金属製のマスクを装着していた。

「やはり」

　梶原は首を一文字《いちもんじ》にかっ切る真似《まね》をして見せた。

「となると――」

　顔を見合わせる大物二人へ、

「こうなれば、策を弄《ろう》して何とかするしかない」

　と梶原は言い切った。

「簡単なことだ」

　ベンソンは吐き捨てた。これまでしてきたことに比《くら》べれば、何でもないというふうに、

「病院ごと吹きとばしてしまえ」

「そんな真似をしたら、アメリカは破滅するぞ」

　梶原の低声《こごえ》は、二人の眼を彼から逸《そ》らさせた。

「では、いい手をお持ちかな？」

と大使が訊いた。それを待っていたかのように、

「たったひとつだけある」

梶原は断言した。

強がりや嘘《うそ》ではない証拠に、その声はひどく震えていた。

「旧姓大八木正子《おおやぎまさこ》――秋せつらの高校時代の同級生だ」

2

「正子さん」

百年一日《いちじつ》のごとく険のある義母の声に、正子は溜《ため》息《いき》を洩らした。

夫は出て行ったばかりだ。あと八時間は続く牢獄《ろうごく》生活が今日も始まる。

「義父《とう》さんがおしめを替えてほしいって。早く行ってあげてよ」

自分で行けばいいじゃないい――と正子は胸の中で叫んだ。いくら叫んでも飽《あ》きない。義母はこう返すに決まっているからだ。

「何言ってんの、あたしは自分の身体も重くて運べない身ですよ。一〇歩も歩いたら心臓が破裂するかもしれないって、医者に言われてるんですからね。うちにはあんたしかいないのよ。やるべきことしてくれないと、敬一《けいいち》に言いつけるわよ」

夫は義母の告げ口など気にしないが、そんな真似させるなと口を尖《とが》らせるだろう。正子もいい加減やめたかった。

「わかりました」

テーブルに残った食器を素早くキッチンに運び、流しで水に浸《ひた》してから、舅《しゅうと》の部屋へ向かった。

異臭が鼻を衝《つ》く。ドアを開けるたびに、夢であってくれと願ったのは、もう何年も前のことだ。

「おお……正子さん……いつもすまないねえ」

舅の声に含まれていた羞恥《しゅうち》が消えたのも、同じくらいからだ。代わりに、期待と好色さが滲《にじ》み出し

たのもそうだ。

男なら、おむつを付けられたときに首でもくくれ、と現在の正子は考えている。

布団《ふとん》の脇に跪《ひざまず》き、分厚い繊維《せんい》に手をかけて外す。

それをまとめてから、

「早く――拭いておくれ」

舅の言葉が耳に突き刺さった。

「待ってください」

正子の声はくぐもっている、部屋へ入るとき、マスクをつけたのだ。

「嫌だね。すぐしておくれ」

左手首を摑《つか》まれた。

何よ、この力は？　元気そのものじゃないの。

舅の求めるものは、別の行為だった。

手が引かれる先に、そそり立っているものがある。

「ほおら」

握らされた。最初は拒《こば》んだのだ。ふり払って出ようとしたとき、義母が立ちはだかった。

「義父さんは気の毒な病人ですよ。なぜ、望みを聞いてあげないの？」

「なら、お義母《かあ》さんがしてあげてください」

「私では役に立たないのよ」

いらっしゃいと、今度は義母に摑まれて、元の位置に坐《すわ》らされた。

義母は正子の手に自分の手を重ねて、導《みちび》いた。

「はい、それでいいのよ。あとはお義父さんが教えてくれるわ」

それから、魔法にでもかかったように続けて言ったのが不思議であった。夫にも言えなかった。義母は、

「あなたはそういう性質《たち》なのよ」

と笑った。

そして、今日も――

義父はすぐに呻《うめ》いた。

七〇を過ぎた老人の声は、正子に汚《けが》らわしさと――隠しようのない昂《たか》ぶりをもたらした。

義母の言うとおりだと思った。自分はそんな女なのだ。

「正子さん」

義父が虚《うつ》ろな声でせがんだ。

正子は溜息をひとつつき、恍惚《こうこつ》とした義父の望みを叶《かな》えるべく、唇を近づけていった。

その時――ノックもなしでドアが開いた。

「〈区役所〉の方が見えたわ。至急〈区長〉さんと会ってほしいって」

残念だと思った。

スーツ姿の男たちが三人――黒塗りのリムジンと一緒に待っていた。

用件を聞いても、

「我々も存じません。これは梶原の個人的用件です」

と伝え、

「秋せつら氏をご存じですか？」

と訊いた。

突然、世界は別のものに変わった。

気がつくと、着替えてリムジンに乗っていた。

「なに、途中で消えた？」

報告を受けた梶原は、文字どおりとび上がった。

「連絡が一切取れない？――誰のしわざだ⁉」

こういう場合に、もう少しすれば、などと〈区民〉は思わない。誰かが何かを起こしたのだ。

解答はすぐに出た。

「あれだけ、こちらに任せると約束したのに――アメ公め」

「助けて」

恐怖にすくんだ声が、せつらの耳ではなく脳に直接届いたのは、ポッドを出てすぐだった。最終チェックは終わっている。

「精神感応《テレパシー》だ」

せつらは少し驚いた。〈新宿〉にも軽いテレパシーを使える能力者は多いが、ここまで鮮明なのは初めてだ。米軍でも選《え》り抜きの熟練者《エスパー》に違いない。

だが、この声は？

「君は？」

「大八木正子です。高校のとき、同じクラスでした。今は柴崎《しばさき》です」

「さらわれた？」

大八木正子がエスパーだったはずはない。正子の声を送って来るのは別人だ。

「ええ。〈区役所〉へ行く途中で、〈区長〉の名前をかたられたわ」

「今、どこにいる？」

「これから言うとおりにしてもらいたい」

不意に声が変わった。ベンソンだ。

「これはこれは。飽きないね」

「春奈は返してもらう。それがアメリカの一大命題だ」

「当人は嫌がってる」

「この際、一個人の意志は無視される。君も理屈のわからん男ではあるまい」

「わからない」

せつらはシラっと口にした。

「〈区外〉の理屈はね」

「春奈を連れて、これから言う場所へ来たまえ。それから、意識を閉じてはならない。一瞬でも、そうしたら、君の元恋人はこの世に存在しなくなる」

聞き終えてすぐ、声はまた変わった。

「ごめんなさい、秋くん——でも、お願い、助けて。夫と子供が二人いるの」

そして、途絶えた。

「やれやれ」

せつらは、何も考えないようにしながら、かたわらの春奈を見た。

「——何かあったの？」

「何にも。出よう」

こう言ったとき、待っていたかのように、ブザーが鳴り、

「はい」

せつらの声と同時に、メフィストが入って来た。阿吽《あうん》の呼吸というか、二四時間監視していたというか——殆《ほとん》どあり得ない登場の仕方だった。

「そこまで送ろう」

「どーも」

廊下を正面玄関へと歩きながら、

「手術代は高い？」

と、せつらは訊いた。

「保険が利《き》く。無料だ」

「どーも」

それきり黙って、三人は玄関へ到着した。

「断わっておくが、アメリカ軍は君の抹殺と、森下さんの奪還を諦《あきら》めてはいない。気をつけたまえ」

「どーもどーも」


そして、せつらはタクシーに乗り込んだ。

「〈高田馬場《たかだのばば》駅／魔法街〉へ」

「こりゃ、いい日だ」

いかにもベテランらしい運転手がこう洩らしたほど何事もなく、二人は目的地に着いた。〈区内〉の移動で何事もないというのは奇蹟《きせき》に近い。死霊《しりょう》の同乗、妖物の妨害、大地の陥没《かんぼつ》——通常の交通は必ず邪魔が入る。

いつものように静まり返った〈魔法街〉の坂道を登るせつらの後を追いながら、さすがに春奈も不安を感じたらしく、

「何処へ行くの？」

と訊いたが、

「大丈夫」

のひとこと——よりも、自分を見つめる美貌《びぼう》で納得してしまった。

坂道の右側の家並みの端に空地があり、そこから

離れて一軒――ここ二年ほど空家だったものが、三日ばかり前に借り手がついた。

暮らしているのは、何処が魔女だと思える肉感的な美女であるが、その辺は見た目どおりか、当人しかわからない。

ドアの前に立つと、

「いらっしゃい」

何処からともなく総毛立《そうけだ》つようなセクシーボイスが降って来て、ドアは開いた。

家具は少なく、目立つのはテーブルと椅子《いす》と食器棚――後は床の魔法陣くらいだ。定番の猿のミイラや蟇蛙《ひきがえる》の姿もない。立ち込める薬液の匂いも新品でこくがない。

二人を迎えたのは、頭から黒いベールを被《かぶ》った、同色のロングドレス着用の女であった。

「なによ、この女《ひと》」

春奈が背後でつぶやいたのも道理、透《す》けたドレスの内側には下着もつけぬ裸体が朧《おぼろ》に、しかし、乳首の色も陰毛もはっきりと見えていた。

「お待ちしておりましたわよ、〈新宿〉一の人捜し屋《マン・サーチャー》さん――ベンソン支局長からすべて伺《うかが》ってます。私――ベルナデッド・パーマー。そちらにかけて」

春奈が、はっとせつらを見た。

「私を――アメリカに？」

「いや、その」

「そのとおりよ。昔の恋人を人質に取られてね。そう怒ることないでしょ。心優しい男じゃないの」

「でも――ひどいわ」

「諦めなさい」

ベルナデッドが薄笑いを浮かべた途端に、窓にシエードが降りた。

暗黒は、しかし、すぐに押しやられた。蠟燭《ろうそく》が次々に点《とも》ったのだ。

「このほうがムードがあるでしょ？」

妖しく笑う女の揺曳《ようえい》する顔へ、

「大八木さんは何処だ?」

せつらが静かに訊いた。春奈の首すじを冷たいものが、つうと伝わった。

「奥にいるわよ——いま来るわ」

せつらはすでに近づいて来る足音を聞いていた。

淡い光の中で、スーツ姿の女の顔と姿が浮かび上がった。

「来てくれたのね、秋くん」

正子は虚ろな声で言った。朧な光の中なのに、その髪は白髪《しらが》がひどく多く、額の皺《しわ》は前より深く刻まれて、実際の年齢の倍は老《ふ》けて見えた。

「わかってたわ。必ず来てくれるって。そして、ここからも、あたしが今いる地獄の家からも、救《たす》け出してくれるって」

「交渉だよ」

ベルナデッドのささやきが、部屋を巡《めぐ》った。

「さ、お行き。そして、その女は、こっちへ来るんだ。断わっておくけれど、その美しい男にはもう私の術がかかっている。頭の中の声も私だよ。このために呼ばれたんだと、ひと目見た瞬間にわかったよ。おっと、声も出せないはずだよ。しばらく石の像になっておいで」

白い手が招いた。

春奈は立ち上がり、女魔道士の方へ歩き出した。

「おやめ」

ベルナデッドが鋭く叱咤《しった》した。

「そんな世迷《よま》い言《ごと》に騙《だま》されるような女だと思うかい? あたしはね、これでも三〇年以上修業を積んだ生粋《きっすい》の魔女なんだよ」

だが、激情に燃えるその顔には、みるみる朱が昇り、表情は溶けていく——恍惚と。

「おやめ——おやめったら」

声は喘《あえ》ぎと化していた。

誰の声を聞いているのか? 魔女はせつらの顔を見てしまったのだ。

不意に、正子が右手をハンドバッグの中に入れた。現われたのは、小さなリボルバーだった。

せつらに向けるや、引金を引いた。

五発分——五回、せつらの身体はのけぞり、後退して、床に倒れた。コートに赤い染《し》みが広がっていく。

春奈が悲鳴を上げた。

なおも空射《からう》ちを続ける正子へ、ベルナデッドが呼びかけた。

「もうおよし。後はあたしが地獄へ送ってやるよ」

せつらに近づく身体は震えていた。怒りと恐怖と——欲望に。

眼を閉じてせつらの顔を両手でまさぐる。

「おお、おお、手触《てざわ》りでもわかるよ。なんて美しい顔なんだい。地獄へ送る前に、キスのひとつでもさせてもらおうかね」

官能に煮《に》え滾《たぎ》る顔が近づき、毒々しいルージュの唇がせつらの唇に重なる——その寸前、ドアが大きく開いて、二つの影がとび込んで来た。

「えいっ」

可憐《かれん》な叫びは、戸口に立てかけられた箒《ほうき》に化けて、ベルナデッドの顔を直撃した。

3

直撃箇所を押さえてよろめきながらも、ベルナデッドは眼を閉じなかった。

「お、おまえたちは⁉」

血走った瞳の前方に立つのは、でっぷりと太ったトンブ・ヌーレンブルクとしなやかな若鮎《わかあゆ》のような人形娘であった。

「おまえって何さ?」

とトンブが凄《すご》んだ。

「あたしたちは、この街の先輩だよ。何日経《た》っても挨拶《あいさつ》に来ないから、ちょっくら出向いて来たのだ。そしたら、いきなり人殺しだ。しかもしかもしかも、あたしたちの知り合いを、よくも手にかけてくれたわさ」

「許しませんわ」

せつらにすがりついた人形娘が身を震わせて叫んだ。濃紺《のうこん》のサテン・ドレスが怒りに震えている。

「あたしが何をしようと、おまえたちの知ったことか。他人《ひと》の家に押しかけて、ゆすりたかりでもするつもりかい。さっさと出てお行き」

ベルナデッドの声には唾《つば》と血が混じっていた。それでいて、どこか緩《ゆる》んでいる。

「すぐ〝再生魔法〟をおかけ――〝総合法〟が駄目なら心臓と呼吸の〝蘇生《そせい》〟に移るのだ！」

「駄目です！」

人形娘が叫んだ。

「もう完全に亡くなっています。早く〝御魂《みたま》戻し〟を！」

「よっしゃ――早く連れてお行き。あたしゃ、この新米《しんまい》に街のルールを教えてやるのだ」

「はい」

血だらけの身体を軽々と肩に担《かつ》いで出て行こうとする人形娘の前方に、炎の帯が扇のように広がった。

それがどれほどの熱を帯びていたか、人形娘の顔にかかった髪が数本、煙を噴《ふ》いたのである。

「逃がさないよ。その男は、ここで死ぬんだ」

「うるさいわさ」

トンブ・ヌーレンブルクの右手が躍《おど》るや、妨害の炎は跡形《あとかた》もなく消えた。人形娘とせつらは宙をとんで家の外に出た。

「おのれ」

ベルナデッドの絶叫より早く、トンブの身体は爆発した。天井に壁に床に、血と肉片がとび散り、貼りついた。

〝炸裂《さくれつ》魔法〟である。

ベルナデッドは前へ出て、凍りつく春奈の腕を摑んだ。

「さあ、あたしの国へ――アメリカへおいで。そこの鏡が入口だよ」

ネイル・アートを施《ほどこ》した爪《つめ》が指《さ》したのは、部屋の右奥に立てかけられた、三人がまとめて映るくらいの大鏡であった。

そして、春奈ともども突進するや、その内部へ、すうと入り込んだのである。

「むむむ」

トンブが唇をへの字に曲げた。全身が復活を遂《と》げている。

鏡には仁王《におう》立《だ》ちのトンブと虚脱状態の正子が映っている。その二人に背を向け、ベルデナッドはこちらを向いて、にんまりと唇を歪《ゆが》めた。

「この鏡は絶対に割れない。ほら、あんたの後ろの戸口の外はアメリカだよ。せいぜい歯ぎしりでもしておいで」

「むむむ」

呻くトンブに背を向けて、ベルナデッドは戸口へと歩き出した。


その瞬間、想像し難い事態が勃発《ぼっぱつ》したのである。

従順に追随《ついずい》していた春奈が、上衣《うわぎ》のポケットからこれも小さな自動拳銃を抜くや、ベルナデッドの背中に射ち込んだのである。

二二口径だが、全七発——効果はせつらが受けた三八口径五発と変わらない。

苦鳴《くめい》の尾を引きながら、アメリカの魔女は、どっと前のめりに倒れた。

必死に身体をねじって春奈をねめつけ、

「おまえ——あたしの催眠法に、かからなかったのか？」

「残念ながら」

「——そんなはずはない……絶対に……おまえは一体……」

ベルナデッドの声は途切れ、顔は床に当たってつぶれた。同時にその世界に白い稲妻《いなずま》が走り、大鏡は轟《とどろ》きとともに崩壊した。

「あら——」

呆然《ぼうぜん》とつぶやき、トンブはしかし、すぐ我に返って、破片と死骸ともどもその場に立つ春奈に駆け寄った。ひと目見て、

「かかってないね」

とトンブが指摘したのは、ベルナデッドの魔術が、という意味だ。

「ひょっとして、メフィストに前もって〝破幻法《はげんほう》〟を施されているのかい？」

春奈は薄く笑ったきりだ。

「何だかよくわからないけれど――せつらが心配だ。うちへおいで。おっと、そっちの姐《ねえ》ちゃんもだ」

ようやくベルナデッドの魔法が解けたのか、自分を取り戻した表情の正子が、周囲を見廻《みまわ》し、

「ここは何処ですか？　私――一体なにを？」

右手のリボルバーに気づいて、きゃっと放り出した。

そのとき、窓を突き破って、黒い翼の主がとび込んで来た。ヌーレンブルク家の大鴉《おおがらす》であった。

一同を見廻し、黒い鳥は抑揚《よくよう》のない声で、悲劇を告げた。

「秋セツラハ死ンダゾ」


せつらの死を確かめたのは、人形娘であった。

〈蘇生法〉は効かなかったのだ。

「泣いたって何も始まらないよ」

トンブはこの辺ドライである。

「それより、もうひとつの可能性のあるところへ運ぶのだ」

「え？」

「〈メフィスト病院〉へ」

春奈がつぶやいた。

「そうですわ⁉」

人形娘の全身が別の感情――歓喜にわななないた。

何となく面白くなさそうな主人へは眼もくれず、

「こういうときは、あの先生に限ります。早く早

く。車を出します」

と外へ走り出ると、すぐ、爆発音が続けざまにドアの向こうに生じた。

「?」

春奈が出てみると、とんでもない旧式のフォードのドアから、人形娘が降りたところだった。

「こんなので行くの？」

「そもそも動くの？」

春奈が眼を丸くした。

「大丈夫です。燃料玉に多少の問題はありますが、ガソリン車の一〇倍もスピードが出ます。渋滞もひとっとびですわ」

「ちょっと」

だが、人形娘の言い分に嘘はなく、全員が乗り込んだボロ車は、初回にバン！　と鳴っただけで、猛スピードで走り出した。ハンドルを握るのは、トンブであった。

門を出たとき、後部座席に横たえたせつらに付きっきりの人形娘が、ふとベルナデッドの家の方を向いて、

「煙が出てますわ⁉」

「ああ。火をつけて来たからね。〝焼却術〟を使ったから、一〇分もすれば残るのは灰だけさ。ぬっはっは」

トンブがハンドルを叩《たた》いて笑った。

「何てことするんです！」

呆然《ぼうぜん》となる人形娘を追って、背後の炎上を見ていた春奈が、

「――煙が追いかけて来るわ」

硬い声で告げた。

確かに空へ向かった黒煙が人型に化けて、坂を下って来る。

「あの女は死んだけど、呪《のろ》いは残ったらしいね――ええい、執念深い奴め」

「トンブ様は運転に集中してください。私が相手になります。復讐《ふくしゅう》戦ですわ！」

煙は一〇メートルほど遅れて尾いてくる。はっきりと人の形を――女の外見を取ったそれは、黒くつぶれた顔さえも、見覚えのある形を取りはじめていた。

「ベルナデッド⁉」

人形娘の声には、驚きの響きがない。とうにわかっていたことだ。

ぶつぶつと呪文《じゅもん》らしきものをつぶやきながら、右手で九字《くじ》みたいなものを切る。

「せつらさんの仇《かたき》――えいっ⁉」

このとき、二メートルまで接近していた煙が、ぱっと四散《しさん》した。

「おほほ、ご覧あそばせ」

高笑いする青い眼の向こうで、煙はまた集合するや、一気にリアウインドウにぶつかり、通り抜けて来たではないか。

助手席の正子と、後部座席の春奈が何の手も打てない間に、それは呼吸を止めたせつらの鼻孔《びこう》から、すうっとその内部へ入り込んでしまった。

「せつらさん⁉」

人形娘と正子が声を合わせた瞬間、せつらはその美貌を悪鬼《あっき》のそれに歪めて、両手をふった。

光るすじが車内を駆け巡った。妖糸《ようし》の狂奔《きょうほん》だ。

ばん、と屋根がとんだものの、誰ひとり負傷者はいなかった。見えない膜が彼らを守ったのだ。

「あーっ⁉」

トンブの叫びとともに車は回転した。いつの間にか、〈明治通り〉に入った地点であった。

路上を二転三転し、かたわらの信号機に激突した。

「早くお逃げ――こいつはせつらじゃないよ！」

トンブの指示に応じたのは――ゼロだ。

誰ひとりせつらを見捨てようとしなかったのだ。憑依《ひょうい》されていても、秋せつらは美しかった。

だが、さすがにどう扱うかとまどっている間に、せつらの両手が人形娘と、前部シートを越えて春奈へとのび——閃光《せんこう》とともに弾《はじ》かれた。

先刻の防禦膜《ぼうぎょまく》ともどもトンブの魔法である。

「おのれ」

と叫んだ死者の声は、ベルナデッドのものだ。

女たちはすばやく外へ逃れた。

「こっちだよ」

と〈明治通り〉を指さすトンブに従って走り出す三人の身体が、不意に停止した。

横転したフォードのかたわらに立って、美しい死者が笑った。

「こいつの得意技——あたしも習得したよ」

金縛《かなしば》りになった三人の耳に嘲笑《ちょうしょう》が鳴り響き、すぐに別の声が聞こえた。

「甘いなあ」

茫洋《ぼうよう》とした響きに、まさかと全員が声の方を向いた。

〈明治通り〉は〈早稲田通り〉と交差する。その〈早稲田通り〉の向こう——これも信号のそばに、黒い人影が立っていた。

あるともなしともつかぬ午後の風に、髪の毛がかすかに揺れて——その下の美貌は、憑依された彼自身よりも遥《はる》かに美しく見えた。

「秋せつら」

その名を誰が呼んだのか。

呆然と動かなくなったのは、ベルナデッドのほうであった。

「おまえは——おまえは——一体、何処で?」

「お宅へ行く前に、〈メフィスト病院〉で」

と美しい顔が笑った。

もうひとりのせつらは両手に顔を当てて、

「まさか——このおまえは?」

「ダミー」

「嘘よ」

愕然と呻いた。病院でのせつらに策を講じることは不可能だ。思考は、ベルナデッドに読まれていたのだ。

「思考は閉じていた。けど、顔を見れば、あいつにはわかったのさ。ダミーをよこせ、とね」

せつらの表情から、その願いを読み取る――黒《こく》白《びやく》の魔人同士のつながりを知る者でなければ、否《いな》、知悉《ちしつ》した者でさえ、こればかりは想像もつくまい。以心伝心《いしんでんしん》ですらない。

せつらの顔を見ただけで、白い医師は、彼を――望みどおり、〝ダミー室〟へと導いたのである。思考は読めても、ベルナデッドには行動までは見通せなかったのだ。

「ずっと尾けていたのか？」

と瓜《うり》二つの美貌の問いに、せつらはうなずいた。

「出て行こうと思ったら、トンブとその娘《こ》が現われた。楽できた」

「おのれえ」

とふり上げたベルナデッドの右手は肩から落ちて、同時に頭頂から股間まで斬り裂かれた身体は左右に路上へと転がった。

残る三人の女も、通行人たちも息さえできずにいる間に、せつらは一跳躍で〈早稲田通り〉を越えて、フォードの前に下り立った。

その眼前に白光《はっこう》が落ちた。ダミーの身体がみるみる燃え上がる。その中から、美しい魔女の声なき苦《く》鳴《めい》を、せつらははっきりと聞いた。トンブの雷光だ。

「自分を二つにした気分はどうだい？」

とチェコ第二の魔道士は訊いた。

「それなりに」

とせつらは答えた。

白く凍った息が、その美貌を少しも凄絶《せいぜつ》なものに見せなかった。

第七章　出国禁止

1

同じ頃、ドクター・メフィストは、春奈に面会を申し込まれていた。

診察室ではない。院長室である。場所はメフィストが決めた。

「御用件を伺《うかが》おう」

青い光の中で微笑するメフィストへ、

「先生《ドクター》、もう一度、消去手術をお願いします」

春奈はきっぱりと言った。幻視能力の削除である。

「患者の依頼は、正当な理由がない限り、断われんが」

メフィストの麗眉《れいび》が寄った。その試みは一度、失敗している。春奈は、しかし引き下がらなかった。

「人が死に過ぎました。この能力が私にある限り、数はもっと増えるでしょう」

「ふむ――もっともだ」

メフィストはうなずいた。

医師と患者――彼の脳裡《のうり》にある関係はそれだけだ。アメリカも〈新宿〉もベン・ケイシーも、他のいかなる思惑《おもわく》も、そこに入ることは許されない。この一件で何人の生命が失われようと、国ひとつが滅びようと、彼の精神《こころ》には無関係なのだった。

「承知した。時間と付き添いに希望はあるかね？」

春奈の頬《ほお》がうすく染まった。

首をふって言った。

「いえ。誰もいません。すぐお願いします」

「よかろう」

うなずくメフィストへ、

「この部屋――素敵だわ」

春奈はそっと言った。

「そうかね」

「静かで、まわりは光がいっぱい――時間も停《と》まっているみたい。ここにいれば、きっと、何も視《み》なくて済むわ。宇宙のはじまりって、きっとこうだったのね」

メフィストは、ドアの方を向いた。

「迎えが来た。行こう」

「お別れですね」

春奈は静かに話しかけた。

メフィストは答えない。

ドアの外には、医師と看護師とポッドが待っていた。

数分後、二人は手術室にいた。

「執刀医は私だ」

メフィストがこう口にしたとき、全員が顔を見合わせた。この手術の内容の凄絶《せいぜつ》さに思い至ったのである。

手術《オペ》はさらに数分後に開始された。いつ告げられたのか、担当医も看護師も決まっていた。全員ベテラン中のベテランの中に、新人がひとり混ざっていた。メフィスト病院の流儀である。


メフィストが着替えぬのは、不思議に思わなかったが、メス一本持たずに手術台の春奈に近づいた。

「怖いかね？」

「ええ、先生が」

「ほお」

「麻酔もかけないで、メス一本持っていない。誰だって安心なんかできません」

そう言う春奈の声は落ち着きはらっていた。

「では——始めよう」

全員がうなずいた。

頭部のレントゲン写真もない。

「好きなことを考えたまえ」

声と右手の指が春奈の頭頂部に触れた。

すう、と指の半分ほどまでが頭蓋《ずがい》に埋まった。

見守るスタッフに驚きはない。見慣れた光景だ。


手術室の前を通りかかった二人の看護師は、突然開いたドアに立ちすくんだ。

白衣姿が幾《いく》つか、よろめくように現われた。

そのまま倒れ込んだ医師たちに、二人は駆け寄った。

もうひとつの人影も走って来た。

「どうした?」

訊いたのは、秋せつらであった。かたわらに春奈もいる。すると、いま手術台に横たわっている春奈は? 否《いな》、この春奈は何者なのか?

「ん?」

せつらはひと目で美眉《びび》を寄せ、手術室へ入った。春奈も続く。

送った〝探《さぐ》り糸《いと》〟の伝えるように、メフィストは手術室にいた。

「ドクター」

外の看護師のひとりが駆け寄った。メフィストの足取りが、いつになく不安定だったからである。

「心配ない」

と彼は制止し、せつらに眼をやると、

「スタッフ以外は入室厳禁だ」

と言い放った。

その前方の壁に、人影のようなものが溶け込んでいくのを、せつらは眼にしている。

「〝幻視界《き》〟から?」

と訊いた。のんびりした声である。

「そうだ。森下さんをさらわれた」

「珍しい。失態」

ふわふわと、苛烈《かれつ》なことを言う。

「どうする?」

「追ってみよう」

「よしよし」

と返すせつらの足下《あしもと》で、幾《いく》つもの呻《うめ》き声が上がった。

他のスタッフが倒れていたのである。

「ドクター……おやめ……ください」

副執刀医の口から黒い煙のようなものがこぼれた。床に広がったそれを、メフィストは踏みつぶした。副執刀医は続けた。

「あれは……〝幻視界〟の存在……です。何が待つのか……いくら……院長でも……」

いつ呼んだのか、新しい医師と保安係が駆けつけて来た。ポッド付きである。

「緊急処置をセットしたまえ」

と告げ、メフィストは手術室を出た。

せつらと春奈が後に続く。

一〇メートルくらいで光景が変わった。春奈が、あっと息を引いた。院長室のドアの前である。

「入ったのを覚えているかね？」

メフィストが春奈に訊いた。

「はい、手術の前に伺いました」

せつらが、へえと洩《も》らした。

「ダミーと本体は全く同じ記憶を持ち、互いの五感を通して体験を分かち合う。当然のことだ」

メフィストは二人にソファを勧《すす》めて自分はデスクの向こうにかけた。

「医者を呼ぼうか？」

とせつら。本気らしい。

メフィストは静かに椅子《いす》にもたれた。

「あら？」

春奈が宙を仰《あお》いだ。

「地震――かしら？」

「いや、〈魔震《デビル・クエイク》〉」

とせつらが答えた。

「え？」

三秒ほどで熄《や》んだ。

「よろしい」

メフィストが立ち上がった。

〈魔界医師〉の姿だった。

「私はこれから〝幻視界〟へ入る。ここで待つがいい」

「任《まか》せる」

とせつら。

「ドクター、お気をつけて」

メフィストの顔が春奈の方を向いた。

「おや」

せつらが少し眼を丸くした。

ドクター・メフィストが、女性に微笑《ほほえ》みかけるとは。

だが、それも幻視だったのかもしれない。

メフィストはすぐに踵《きびす》を返すや、青い光の満ちる奥へとその姿を消していった。

せつらはすぐ携帯を取り出し、ボタンを押して名乗り、

「さっき、院長と執刀したドクターを」

と告げた。

待つほどもなく出た。

「副執刀医の中尾《なかお》です」

「何があった？」

「それは——よくわかりません」

「メフィストが口止めを？」

「いえ——正直な話です。何か、途方もないものを見たような気がするのですが、覚えておりません」

「他の方も？」

「全員同じです」

「やれやれ」

とつぶやいたとき、急に声が変わった。

「あの——どちらへおかけですか？」

看護師らしい女性の声である。

「中尾先生」

「ここは、霊安室です」

声はやや怯《おび》えていた。新人なのかもしれない。

「中尾先生は、少し前に亡くなられました」

「ひょっとして、あの手術のスタッフも？」

「はい」

「ご冥福《めいふく》を」

と告げて、せつらは携帯をオフにした。

「死人なら嘘《うそ》はつかない——と思う」

「——何があったの？」

春奈が眼を閉じて訊いた。

「さっきの手術で、メフィスト以外のスタッフは全員死亡した。あいつは何も言わなかったけど、ダメージを受けた。敵はかなりの強者《つわもの》だ」

「そうかしら」

「え？」

「あなたの意見はもっともだけど、私、何か違うような気がするの」

「ほお」

「理由ははっきり言えないの。だけど――勘《かん》みたいなものよ」

「メフィストはどうか知らないが、あいつ以外のスタッフは全員死亡――何が起こった？」

せつらは眼を閉じて考え込んだ。

ふと眼を開けて、春奈を見た。

「――何よ？」

「君は――もうひとりの君は、メフィストに何を要求した？　何の手術だった？」

「――ここよ」

人さし指でこめかみを叩《たた》いた。

せつらが眼を開けて、

「幻視の削除」

「たぶんね。覚えてないけどそのとき、何かあったのよ」

「藪《やぶ》医者め。余計なことを」

せつらの声に、少し感情が籠《こ》もった。

「あの春奈は恐らく――」

ドアがきしんだ。

外から圧がかかっているのだ。ドクター・メフィストの私室のドアを押し破ろうとするほどの圧力が。

「来た」

「どうして？」

とせつらは言った。

「恐らく――メフィストは、あの君を奪還するのに成功したんだ。敵は追って来た」

せつらは奥を向いた。

青い光をくぐり抜けるように、白い影が現われた。春奈はいなかった。

「どうした?」

とせつらが訊いた。

「失敗した。春奈は奪われたままだ。とりあえず戻った」

「へえ」

ドアの方を指さし、

「来てる」

「やはり、な。ここも危ない。出よう」

「何処《どこ》へ?」

「避難所が地下にある」

「やだ」

メフィストは眼を細めてせつらを見た。

「何故だね?」

「メフィストという男は、患者以外に何の興味もない。だから、患者であるかぎり、絶対に見捨てはしない。尻尾《しっぽ》を巻いて自分だけ逃亡するよりは、死を選ぶだろう――奴《やつ》に死があれば、だけど」

光のようなものを春奈は見たような気がした。勘違いではなかった。

メフィストの身体《からだ》は衣裳《いしょう》ごと十文字《じゅうもんじ》に斬れた。ごろごろと転がった人体は、しかしたちまちフィルムの逆回転に似て復活した。

黒い影と化して、

「ここは、おれたちの世界だ」

と、メフィストだったものは言った。

「それなのに、その女が、世界の一部を視てから変わりはじめた。ここは他の世界と一体化してはならんのだ」

せつらは天井を見上げた。

「すると、この部屋も?」

「そうだ、あの瞬間からな」

医師たちが何かを見たとき、か。

「で、何の用?」

「異物は排除されるべきだ」

影の周囲にも影たちが集《つど》いはじめていた。部屋の壁は失われ、黒檀《こくたん》のデスクも狂ったテレビ画面のように歪《ゆが》みはじめていた。

「脱出」

とせつらは、扉の方を向いた。

「どうやって?」

春奈は不安を隠さない。

「こうやって」

せつらは春奈の腰に腕を巻いた。

真っ赤に染まる顔へ、

「君はこの世界の存在でもある。よろしく」

言うなり、ちらっと空中を走った。

影たちの胴が胸のあたりで断《た》たれ、彼らは一斉《いっせい》に崩れ落ちた。それきり起き上がって来ない。

せつらは真っすぐドアへと向かった。

歪みかけていたのが元の姿を保っているのを、一気に抜けた。

追っては来ない。

白い廊下を走った。

2

「重くないの?」

こう訊いてから、春奈は我ながらおかしな質問だと思った。

「触れてるだけだ」

「そういえばそうね。腕は巻いたけど、抱いていない」

ひとつ溜息《ためいき》をついてから、春奈は、

「何処へ行くつもり?」

「病院を出て、この世界にさよならする。君任せだ」

「力が足りないわ。多少のことなら無理が利《き》くけど。この世界から脱出する、なんていうのは無理」

「メフィストと合流しよう」

「――それがいいわ」

二人はホールへ出た。見慣れた光景だ。ソファにかけて鬱々《うつうつ》と診療を待つ人々——だが、全員、影人《かげびと》だ。

寄って来る。

妖糸《ようし》がその首を——断てずに空を切った。

せつらは春奈を見た。怨《うら》みがましい視線が直視を避けて、

「手を放さないほうがいいんじゃない」

と唇を尖《とが》らせた。せつらの手は、彼女の腰を放れていたのである。この世界での戦いには、とりあえず、私の力が欠かせないだろうというアピールだ。

素早く腰に手を当てるや、影たちは次々に分断されて床に転がった。

「誰のお蔭《かげ》かしらね」

意味ありげたっぷりな春奈の言葉に、せつらは何も言わなかった。

病院を出ると、見慣れた街並みが広がっていた。

「ドクターは何処よ?」


「携帯」

正門を出て、せつらは通過するタクシーの列に右手を上げた。

停まった運転手は、どう見ても人間だった。

「どちらへ?」

「適当に走って」

「へ?」

「よろしく」

せつらは小首を傾《かし》げ、運転手は走り出した。眼は虚《うつ》ろだった。

〈旧区役所通り〉の坂を上がりきったところで、前方に横一列——暴力団ふうの男たちが並んだ。

「お客さん——追われてるんで?」

運転手の額《ひたい》には汗が噴《ふ》き出していた。

「はい」

せつらの代わりに春奈が答えた。

「悪いけど、降りてください。あいつら『鬼華団《きっか》』てチンピラ・グループで。子供でも見境《みさかい》なく射《う》ち

殺す奴らなんです。あんたを追ってるとなると、おれまで巻き添えを食っちまう」

「前進」

せつらが前方へ顎《あご》をしゃくるや、妖糸がギアを入れ、アクセルを押した。運転手があわてても、ホイールはびくともしなかった。

タクシーは真っすぐ「鬼華団」の列に突っ込んだ。

衝撃に春奈が小さな悲鳴を上げた。

「どーーどういうこった⁉」

運転手がホイールをひっ摑《つか》んだまま叫んだ。

どん、とルーフに何かがぶつかった。

金属板を突き抜けて、腕が入って来た。指先から肘《ひじ》まで鋼鉄——サイボーグのようだ。

次の瞬間、ルーフは窓ガラスを残して剝《は》ぎ取られていた。

「きゃっ⁉」

春奈がすがりついた。


さっきの男たちが二人——とび込んで来たのだ。

「逃げられると思うか⁉」

顔中に刺青《いれずみ》をした男が唇を歪めた。どちらも鉄の爪《つめ》を二人に向けた。

「思う」

せつらの答えと同時に、どちらの首もとんでいた。

血の噴水は、その胴が外へと放り出されてからのことであった。

「何てことするんだ⁉」

運転手が叫んだ。

「この街で、あいつらを敵に廻《まわ》したら——あんたら八つ裂きじゃ済まねえぞ！　早く早く——降りてくれ」

「はーい」

ふわりと二人の身体が浮き上がるのを運転手は呆《ぼう》然《ぜん》と見つめた。

その眼を前へ戻したとき、大型のトラックが一メートルに迫っていた。

〈職安《しょくあん》通り〉を〈明治通り〉への合流点へと進みながら、せつらは、

「徒歩で行くしかないな」

前方を眺《なが》めた。

「いきなり吹っとばしたからよ。誰だって怒る。あなたって社会常識あるの？」

「とにかく進む」

「何処行くの？」

「〈高田馬場〉方面」

「ドクターがいるの？」

「勘」

「当てにならないわね」

「幻視は？」

「まだ、ね」

「ここは〝幻視界〟、幻視したもので構成されている。歴史に残る幻視の内容を考えると、少し平和すぎる。ドカンと来そう」

「わからないわ。ここでは私の能力は一〇分の一よ」

「それでも視えるなら――準備していたまえ。君が幻視した〈新宿〉の光景もここに含まれているはずだ。みな、それの開示を恐れている」

「〝幻視界〟で幻視を視たってどうってことないでしょ」

「だといいけど」

「言ってなかったけど、決定的なやつの前に、二、三小規模なのも視てるのよ」

「…………」

「よく覚えてないけど、かなり迫力があったわ」

「それが先に来るか」

頭上から、

「いたぞお」

絶叫が降って来た。

六人の男たちが上空から、こちらを見下ろしてい

た。「鬼華団」の残党だ。

春奈がせつらの左腕を摑んだ。

「私を離しちゃ駄目よ」

うっとりと言った。

「はーい」

せつらはどこか真面目《まじめ》じゃない。

男たちは人工の翼をつけていた。どちらの〈新宿〉にもあるらしい。

二人の上空を旋回しつつ、全員が腰の革袋《かわぶくろ》に手をかけた。

一斉に撒《ま》き散らしたのは、緑色の液体であった。

妖糸が舞った——といっても、かすかなきらめきだけで、せつらは指一本動かしたようには見えない。

しかし、容赦《ようしゃ》ない一撃であった。空中の六人はことごとく両腕を落とされて絶叫を放った。

「自分の世界じゃないと、凄《すご》いことするわね」

春奈は呆然としている。

大地が揺れた。

緑の液体がかかった部分のアスファルトを突き破って、巨大な二本の腕が突き出たのだ。

亀裂が八方へと走り、通り沿いの商店街が傾き、崩壊していく。影人や普通の人々がとび出し、コンクリートや構造体の下になっていく。

腕は左手に若い女を摑んでいた。

「あれは？」

「私よ！」

春奈が眼を見張った。

「意外な場所に」

「早く——助けて。ドクターは何処にいるの⁉」

「サボってるな、藪め」

声と同時に、左手が肘から断たれて春奈ごと落下する。

右手がそれを摑むや、意外な行動に出た。放り投げたのである。

春奈の影と悲鳴がみるみる〈高田馬場〉方面へと

消えていく。せつらの妖糸も追う術《すべ》がないスピードであった。

腹いせのつもりか、右腕も肘から斬り落として、せつらは走り出した。

「運転は？」

「できるわ」

「では」

左にすぐ駐車場が見つかった。乗用車が何台も並んでいる。

カローラのエンジンがかかるや、ぶきっちょにこちらへ走り出して、二人の前で停まった。せつらの妖糸がスタートさせたのだ。ドアも開いた。

「犯罪よね、これ？」

春奈が咎《とが》める眼つきになるのを、

「この国は法律が違うらしい」

運転席に春奈を押し込め、せつらは助手席についた。

「GO」

この身勝手男という顔つきで、春奈はカローラをスタートさせた。

「通りは危険だ。横道を抜けたまえ」

「エラそうに指示するな」

喚《わめ》きながら、ホイールを切る。カローラは大きく回転し、まっしぐらに走り出した。〈高田馬場〉方面に間違いはなかった。

通行人が現われても、クラクションをバンバン鳴らしてとびのかせる。横から現われた子供が、きゃっと叫んでとびのいても、ブレーキひとつかけなかった。

「運転に向いてるね」

せつらの声は感心を隠さない。

「ハンドルを握るとジキルとハイド」

「うるさい！」

叱咤《しった》しつつ、前方へ注ぐ春奈の眼は、緊張を吹きとばす狂気と興奮に満ちていた。

前方に石塀《いしべい》が迫る。

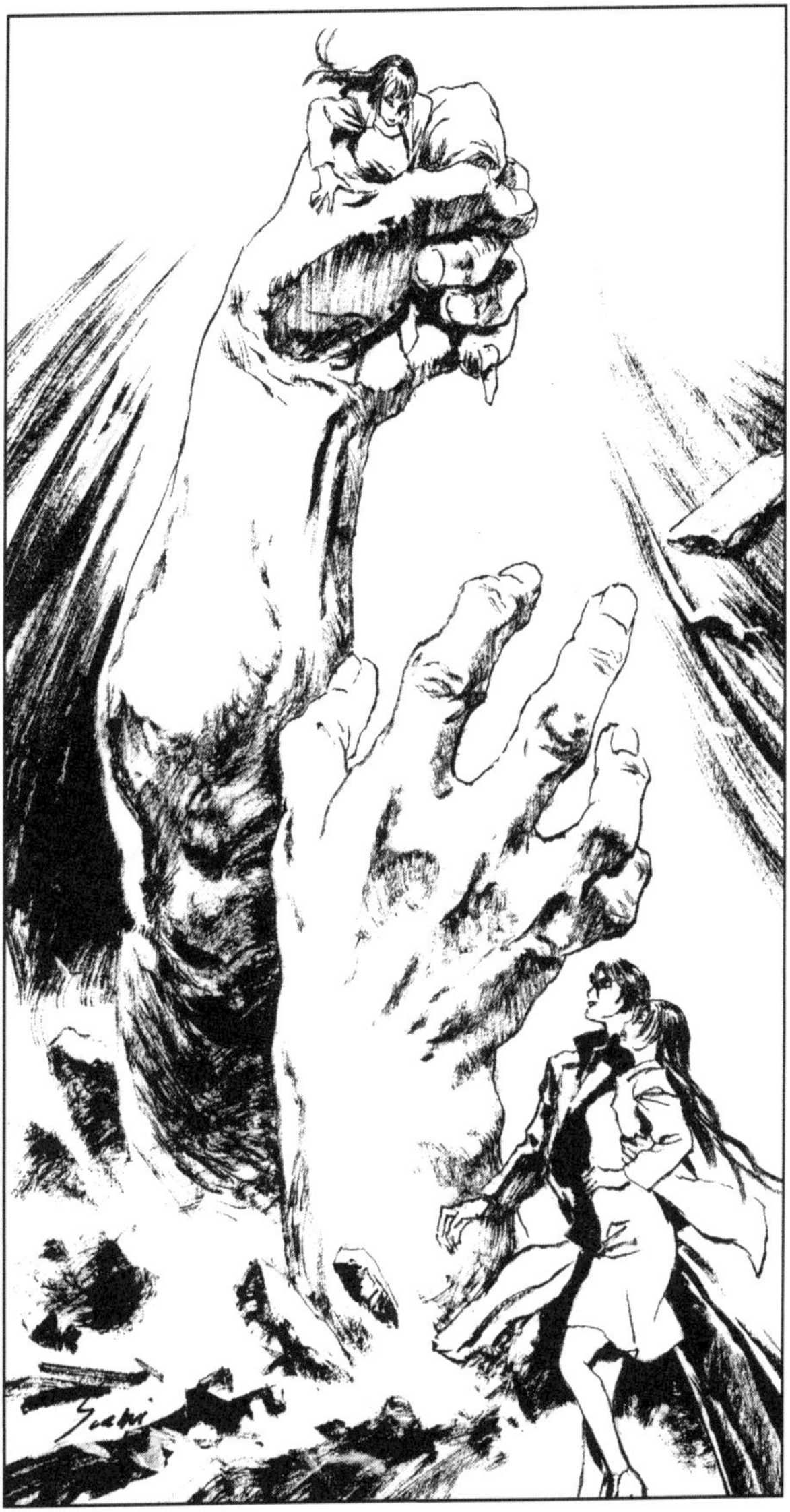

「わあ」

とせつら。石塀の表面で巨大な口が牙《きば》を剝《む》いたのだ。

その五〇センチ手前で、カローラは停まった。凄《すさ》まじい急ブレーキである。激突したのと同じ効果で、車体はつんのめる。

「えーいっ！」

春奈の叫びは、撥《は》ね上がった後部に戻れと命じ、同時に右へ捻《よじ》れと強制したように聞こえた。

車体は直角に曲がった。

「へえ」

呑気《のんき》な相棒と感慨をシートの背に押しつけ、カローラは、ガチンと牙を嚙《か》み合わせた塀を横に見たのも一瞬、時速一二〇キロで住宅街の小路《こみち》を走り出した。

「うわわ」

「あわわ」

とつぶやきながら、せつらはカローラが〈早稲田通り〉へ出たのを認めた。

車体はぼこぼこである。塀や電柱にぶつかっただけではなく、一、二本ぶっ倒している。二人が無事なのは、妖糸が緩衝《かんしょう》ネットを張り巡《めぐ》らせたためだ。

「〈駅〉の方？」

荒い呼吸《いき》の春奈へ、

「いや、〈早稲田大学〉の構内だ」

とせつらは言った。着地地点を読んでいたらしい。

正門近くまで車を飛ばしてから降りた。

午後の構内には学生の他に——出店《でみせ》が多かった。

「ねえ、何よ、ここ？」

春奈が周囲を見廻して、気味悪そうな声を上げた。

出店の者たちは、みな全身を闇に包まれた影人であった。中には眼だけ口だけの連中もいて、真っ黒より余程《よほど》気味が悪かった。

そいつらが綿《わた》あめを廻し、焼鳥をタレにつけている。射的屋も出ていた。

「〈早稲田大学《わせだ》〉って、今日お祭りなの？」

「いつも。学生がいるところだし」

「ふーん」

春奈は妙に納得した。

「あっちだ」

せつらは〈大隈講堂《おおくま》〉の方へと歩き出した。

講堂まで五、六メートルの地点で立ち止まり、

「ここだ。けど――何処へ？」

地面には血痕も凹《へこ》みもない。激突を免《まぬが》れたのは確かだった。

「あんた方――天女《てんにょ》を捜《さが》しに来たのかい？」

声のした方を見ると、体育会系らしい学生服を着たでかいのが、小柄な娘と立っていた。

ただし、男のほうは口だけ。娘はひとつ目だ。

「あら、でも――そっくりだわ」

と娘が――ひとつ目を丸くした。春奈を見たのである。

「美味《うま》そうな娘《こ》だったたな。そっちも美味そうだ」

男の口から涎《よだれ》がしたたり落ちた。

「何処へ？」

とせつら。

「医学部の先生が、手術室の方へ連れて行ったよ、あっちだ」

と指さす先に、古びた木造校舎があった。

「どーも」

礼を言って、二人は歩き出した。

「ねえ、〈早稲田大学《わせだ》〉に医学部ってあるの？」

「ノン」

春奈はちらと後ろを見て、

「気がついてるかもしれないけど、尾《つ》けて来るわよ。しかも――」

「二人だけじゃない」

気配と足音でわかるが、その辺の生徒や出店の連中が揃《そろ》って二人を追って来るのだった。

「よっぽど美味そうに見える」

「よしてよ」

二人は足を速めた。

当然、後ろの足音の間隔も狭《せば》まる。

走った。

追って来る。

せつらは、またも大量虐殺《ぎゃくさつ》に手を染めねばならないのか。本人は気にもしていないが。

3

――そろそろ
とせつらが考えたとき、迫る足音がぴたりと止まった。
「あら？」
春奈がふり向き、せつらは〝探り糸〟に任せた。
彼らと追手《おって》の間を、巨大な球体が通りかかったのである。
いや、それは人間の女であった。

不意に状況に気づくや、

「あら？」

びっくり仰天《ぎょうてん》の態《てい》で走り出した。

追手はそれに眼を奪われ、すぐに、

「こっちのが美味そうだ」

と追いかけはじめた。

その間に、せつらたちは目的の建物に入った。

「何、いまの？」

「何じゃない、誰」

「そういえば、手足がついてたみたいね」

「外谷」

「え？」

「時々、理由もなく〈早稲田大学《わせだ》〉の構内をうろつきたくなると言ってたから、それだ」

「変な情報屋ね」

「見てくれからして、ね」

生命《いのち》の恩人に好き勝手な放言を送っているうちに、冷気が鋭さを増してきた。

今時分の木造校舎など、気味が悪いだけである。

しかも、手術用の棟と来た。

きょろきょろ見廻している春奈へ、

「こっち」

せつらは、左手の廊下の奥へと歩き出した。〝探り糸〟の指示であろう。

木製の引き戸が立ち並ぶ、教室みたいな一角に、これも古くさいガラス窓から明かりが洩れる一室があった。

壁から白文字で、

〝第四手術室〟

と記《しる》された黒い板がかかっている。

「離れない」

せつらが念を押した。

「よおくわかってます」

春奈がうなずいた。

糸は何を伝えたのか。せつらは早足で、ドアに近づき、引き開けた。


手術台も手術刀も発電機も板の間に載っていた。

春奈が横たわる台の周囲には四人の医師と六名ほどの看護師が並んでいた。

「どーも」

場違いな挨拶《あいさつ》は、しかし、全員をふり向かせる力を持っていた。

「失礼」

春奈が手術台ごと宙に浮いた。

せつらの方へ移動するのを、ただ見ていただけの医師たちも、これがせつらの胸下まで下りると、低い声で口々に、

「誰だ？」

「手術中の患者だぞ」

「邪魔するな」

「許さん」

全員がマスクを取った。眼から下がない。

「みなで、この娘の顔を移植しようと思っていたところへ――しかし、ほお、その娘も同じ顔をしてい

るな。そっちもいただこう」

　殺到して来た。

「オッケ」

　不可視の刃《やいば》が躍《おど》った。

　顔なしたちは二つになり――すぐに戻った。

　せつらはふり返った。春奈が奪われるのを感じたのだ。

　しかし、妖糸に守られた女を、一瞬で、せつらにも知られずかどわかし得る相手とは？

　ドアのそばに二人の春奈を抱いた白い影が立っていた。

　せつらだけではなく、顎なしたちも立ち尽くした。

「ドクター・メフィスト」

　誰がそう呼んだのか。

　とせつらが訊いた。

「こっち？　あっち？」

　どちらの世界のメフィストかと尋ねたのである。


「残念だったな」

　その返事と同時に、せつらの妖糸がとんだ。それは白い影に届く手前で落ちた。

　せつらの左足の甲――その一点を細い鍼《はり》が貫《つらぬ》いていたのである。

「不動というツボだ。刺すと全身が麻痺《まひ》する」

　と、こちら側のメフィストは言った。

「この二人は貰《もら》って行く。色々と楽しい治療ができそうだ。私はこれから、もうひとりの君と夜の散歩に出かけてくる。彼は好きにするがいい。では――」

　医師たちにこう言ってメフィストが背を向けるや、彼らは身じろぎひとつできないせつらに襲いかかった。

　こんなはずはない、どこかがおかしい。これは別の世界の仕業《しわざ》だろうか。

　だが、メスや骨鋸《こっきょ》を手にした医師たちがせつらの眼前まで突進したとき、絶叫とともに彼らは潰乱《かいらん》したのである。その両足をきれいに膝《ひざ》から切断されて。

見えない刃が鍼を引き抜くのを感じて、せつらはドアの方をふり返った。

「余計なことを」

というメフィストの声に、

「そうもいかない」

茫洋《ぼうよう》たる声が応じた。

「ははあん」

とせつらは、背後の修羅場《しゅらば》も忘れたかのように納得した。

もうひとり、いたのだ。それは、こちらのメフィストほど、向こうから来たせつらに冷たくないらしい。

「どーも」

と声をかけた。

「どーも」

と返って来た。


せつらは廊下へ出た。

誰もいない。

「医学部は嫌いだ」

ひとこと言って、〝探り糸〟を送った。

今度は反応なし。春奈に巻きつけておいた分は、奪取の時に断たれていた。メフィストのメスなら可能だろう。

「お疲れのようだな」

急にかたわらに気配が生じた。

「何してた?」

とせつらは訊いた。

「色々と――勝手の違う世界ではあるな」

とメフィストは言った。

「こっちの?」

「いや、君と同じだ」

「何処にいる?」

二人の春奈のことである。

「地下だ」

「どうしてわかる?」

「私の居場所だ」

二人は走り出した。

階段があった。

下りながら、

「何するつもりだ」

「内緒だ」

「ふん」

階段は何処までも続いていた。

「これも誰かの幻視か?」

「そうだ」

「いい加減にしないと」

メフィストが急にせつらの腰に腕を巻いた。

「何をする?」

「あと五段で一〇〇段目だ。ここで前方の空間を切り裂きたまえ」

「自分でやったら?」

「君の手練《しゅれん》を見たい」


「やれやれ」

五段を下りて、せつらは糸を放った。

確かに——今度は超近代的な手術室が現われた。

二人の春奈は台に縛《しば》りつけられている。

かたわらのメフィストがこちらを見た。

まばゆい光が二人の追跡者を捉《とら》えた。

それは灼熱《しゃくねつ》であった。

メフィストのケープがせつらを包まなければ、彼は燃え上がっていたに違いない。

「さすがもうひとりの私だ」

と、こちらのメフィストは笑った。

「だが、いつまでもは保《も》たん。勝利はこの世界のものだ」

地獄の熱と光が二人を呑《の》み込んだ。

突然、世界が震えた。

何もかもが回転し、吹きとび、落ちて来る。

手術灯をつぶしたのは、天井の瓦礫《がれき》だった。

炎が押し寄せ、何もかも灼《や》き尽くしていく。そのとき――

平穏が訪れた。

静かな一室に二人は立っていた。

そこは〈メフィスト病院〉の、脳外科の手術室だった。

さっきの部屋だ。

手術台には確かに春奈たちが横たわり、もうひとりのメフィストのみがいない。

ケープをはねのけ、

「何処へ行った？」

と、せつらは訊いた。

「自分の国へだ。正確に言うと、我々が戻って来たのだ」

異議もはさまず、せつらはベッドに横たわる春奈たちを見た。

「どちらかが視た」

と言った。少し疲れたようである。

自分たちの焼死を救ったものが、幻視だとわかっているのである。

「当人に訊くしかあるまい」

メフィストは片手を女たちの顔前にかざした。

ひとりだけ眼醒《めざ》め、ひとりは眼醒めない。

「どっち？」

と尋ねるせつらに、

「あなたと一緒にいたほう」

「そっちは？」

「〝幻視界〟の気が残っている。覚醒には少し時間がかかる」

とメフィストは答えて、覚醒しているほうの春奈へ、

「幻視したのは君かね？」

「わかりません」

春奈は首を横にふった。

「本当にはっきりしないのです。ただ、あの世界は――崩壊しました」

「わお」

無感情な声が、広い手術室の静謐《せいひつ》をわずかに揺らした。

せつらはあることに気づいていた。

あの崩壊の瞬間、彼らを救ったのは、ある男の力だったことを。

ちら、と見た。竜眼寺徹也の顔であった。

「——ここに閉じ込められてしまったのよ。もう逃げられない。お達者で」

そして、せつらは戻って来た。

「すると——残るはここだが」

と言ってから、メフィストは空中へ眼を上げた。

せつらにも——〈区民〉にも見覚えのある顔が浮かび上がった。

「これは、合衆国大統領閣下」

とメフィストが言った。

「お久しぶりだ、ドクター」

と、史上最悪と定評のある大統領は、銀髪を撫《な》で上げ、

「じき、そちらにも伝わるだろうが、全米で幻視による被害が続出しておる」

「ほお」

「ジーン・ディクソンの孫娘他、数名の予言者に連絡を取ったら、原因はすべて、日本の〈新宿〉にあると意見が一致した。〈魔界都市〉は他の国をも呪《のろ》うのかね？」

「さて」

とメフィストは応じた。

「しかし、大統領、幻視の実現には数日乃至《ないし》数カ月を置くと——」

「それが遅くて二日、早ければ、数分後には実現しているのだ。しかも、視る者は普通の人々だ。このままではアメリカは崩壊する」

「ふうむ」

と唸《うな》って、メフィストは、

「確か米軍では〝反転装置〟の開発が進んでいると伺ったが」

大統領の四角い顔が、一瞬、驚きにつぶれた。

「何故――知っておる？　これは国家の最重要機密だぞ」

「幻視ですかな」

「…………」

「いつ、誰がとは申し上げられませんが、大統領――あれの使用許可を頂《いただ》きたい」

「――莫迦《ばか》な」

「それしか方法はありません」

　メフィストの宣言の、何と美しいことか。何と不気味なことか。何と恐ろしいことか。

「そして、稼動はここで行ないます。〈魔界都市〝新宿〟〉で」

「…………」

「忖度《そんたく》の余地も時間もありません。至急、お送り願います」

「いかん――これは合衆国の破滅につながる。絶対に許可は出せん。他の国はどうあれ、アメリカだけは生き延びるのだ」

「政治とは妥協《だきよう》と独断の産物ですか――貴国のトップはそれではなりません」

　メフィストは静かに言った。

「政治には泥沼の中でもかがやく理想が必要だと、私は考えます。世界一の国だと自認なさるなら、その指導者は、自国のみならず、世界のすべてに対する責任が要求されます。それは世界の――この星の未来に対する責任であり、この星の生きとし生けるもの、生まれ死んでゆくあらゆる生命に対する責任です、貴国はこれを取らなくてはなりません。賢者たちは、これを理想と呼びました」

　空中の大統領は、頰を赤鬼のように染めて沈黙していた。少しして、

「いや、ならん。他の国にまで責任を負う義務など国家には存在せん。私は断固として、君の申し入れを――」

　不意に彼は消えた。

すぐに別の顔が浮かび上がった。

それは副大統領の顔であった。

「失礼いたしました、ドクター――大統領は急病のため病院へ搬送されました。後事《こうじ》は私に託されます」

大統領よりずっと穏《おだ》やかな――それだけに腰ギンチャクと陰口を叩かれていた副大統領は、しかし、決然たる意志を面貌《めんぼう》に刷《は》かせて、

「今のお言葉――我々をいたく感動させました。ご要望は責任を持って叶《かな》えさせていただきます」

「それはそれは」

「ある時期、彼はこの国にふさわしい大統領でした。そのことだけはお忘れなく」

「承知している。後はお任せしよう」

「感謝します。それでは――」

頬を染めた新しい最高指導者の顔は消え去った。

小さな音が室内に生じた。

せつらと――春奈の拍手であった。

第八章　崩壊幻視

1

〝反転装置〟とは何か？

これはエドガー・ケイシー死後四〇年を経《へ》て発見された日記に残された記述が最初とされる。ケイシー自身が、いつ思いついたかは不明だが、二〇年以上に亘《わた》る思考は、その実現性をかなり高いものにしていた。

少なくとも一九四四年——第二次世界大戦時には、アメリカ心霊協会にそのあらましを伝え、協会から米政府への製造検討の訴えかけがなされたのは、それから二年後のことである。

当初、米政府は一笑に付したと言われる。幻視による情景が現実になることなど万にひとつもなかったし、その万にひとつを現実に変えて〝武器〟として使用するなど、当時の技術では夢物語としか思えなかったためである。


事態が一変したのは、「ロズウェル事件」以降であった。

一九四七年——ニューメキシコ州ロズウェルの荒野にＵＦＯが不時着し、急行した米政府は、数日後、ＵＦＯは観測用の気球を見間違えたものだと発表したが、当時の目撃者や軍内部の調査担当者から、すべては隠蔽《いんぺい》工作の一環であり、政府はＵＦＯの機体と乗員——エイリアンを軍事基地に収容していると、マスコミや研究家へのリークが相次いだ、ＵＦＯ史上最も有名な事例のひとつである。

その一年後、国防総省《ペンタゴン》直属の心霊《サイキック》リサーチ・グループ＝ＰＲＧは、極秘裡《ごくひり》にエドガー・ケイシー財団に接触し、〝反転装置〟の製作について交渉を開始した。それまで歯牙《しが》にもかけなかった政府の変貌《へんぼう》の裏には、〝反転装置〟を実現する技術上の難点がエイリアンの技術によって除去できたからだという噂《うわさ》が絶えない。

副大統領との電話から一時間ほどで、連絡が入り、羽田《はねだ》からご希望の荷物が、そちらへ向かっているが、米大使が伝えて来た。

「やる気になればできる」

とメフィストは言い、せつらもうなずいた。

〝反転装置〟は、その日の正午過ぎに〈メフィスト病院〉の〝心霊精神科〟地下実験室に設置された。

「〝幻視界〟の〈新宿〉は滅びたが、〝幻視界〟自体は永遠に存在する。彼女が幻視したものもだ」

とメフィストは言った。

「恐らく、幻視は現実となる。どんなものか、その片鱗《へんりん》は君も目撃したはずだ」

「確かに」

せつらの口調は重かった。

あの崩壊の瞬間――ほんの一瞬垣間視《かいまみ》たものは――

「奴ら、また来るよ」

せつらの言葉にメフィストはうなずいた。

影人たちの世界のエネルギーは、いわば存在しない負のエネルギーだ。それが、せつらたちの世界の形を取ることが、幻視の実現となる。

それを反転させる装置の成功は、正《せい》に転じたエネルギーの負への逆戻り――とはならず、そのまま彼らの世界へ逆流――叩《たた》きつけられることになる。今度こそ破滅だ。黙ってはいられまい。

「スタッフが二四時間交代で監視するが、相手が相手だ。どんな手を使ってくるかはわからない。君たちも気をつけたまえ」

「僕は帰るが、この女性《ひと》は預かって」

「いいとも」

「嫌です」

春奈はきっぱりと言った。

「一緒に行きます。そうさせてください」

「けど――ドクターといたほうが安全だ」

「いいえ。私――あなたと一緒にいたいんです」

「これはこれは」

呆《あき》れたように言ったのは、メフィストであった。

春奈の激情が、ふと凍りついた。

「モテキかね」

「預けた」

「それは構わん。また、治療中の患者を手離すわけにはいかん」

「患者は、あっちの私よ」

　春奈は、遠い眼をした。

「お忘れですか、ドクター？　私はダミーです」

　メフィストは、ほおと言い、せつらは少し困ったように、

「そうだったたっけ」

と首を傾《かし》げた。

　米軍の魔女と〈魔法街〉で戦ったときの春奈は確かにダミーであった。しかし、その後——二人は虚《きょ》実《じつ》入り乱れ、せつらはどちらとも区別がつかなくなっていたらしい。

「そう言われると——困ったな」

「当人が言っているのだから間違いあるまい。ならば好きにするがいい」

「ありがとう、ドクター」

「安直《あんちょく》な——」

　せつらが言いかけた瞬間——

　ぐらりと揺れた。

「〈魔震《デビル・クエイク》〉？」

〈区民〉はわかるのだ。頭上を見上げたのは春奈ばかりで、ＯＫしたせつらもメフィストも無表情である。

　空中に副院長の顔が浮かんだ。

「院長——非常事態です。当院の管理用コンピュータが停止いたしました。補助コンピュータも作動不能です。目下《もっか》、〝心霊区〟がかろうじて通常管理を担当しておりますが、これも危険信号が点滅中です」

「了解——後はこちらで行なう。病院の運営に支障はない。通常マニュアルで勤務に励《はげ》みたまえ」

「承知いたしました」

副院長の顔から緊張が消え――すぐに彼も消えた。

「ここのコンピュータは別仕様？」

とせつら。

「そのとおりだ」

「じゃあ。他は大変だぞ。ああ、外へ出たくない」

「外に異常はない」

「？」

メフィストは冷《ひ》え冷《び》えと、

「〈魔震〉はここだけに生じたものだ」

「うちの〈魔震〉はセレクト可？」

「左様《さよう》」

「まさか」

春奈がよろめいた。

蠟《ろう》のような顔であった。

「やはり、ここに」

せつらがこう言っても、激しく頭をふって、

「いいえ、行きます」

さすがにメフィストが、

「なぜ、秋くんにこだわるのかね？」

「何でもありません。お気になさらないで」

「了解した」

「じゃ」

せつらが片手を上げ、二人は病院を出た。

タクシーで、〈秋せんべい店〉へ着いたのは夕暮れであった。

六畳間の炬燵《こたつ》に入るとすぐ、春奈が足を絡《から》めて来た。

「何事？」

「怖いんです」

「そうは見えないけど」

「私はダミーだけど、本物に近いから、変な予感がするの」

「〈新宿〉の最期？」

「わからない。でも、怖い。とっても怖いんです」

春奈は立ち上がって、せつらの隣に来た。

「ダミーって、どうなるんですか？」

「さて」

と答えたものの、ある程度の時間が経《た》つと自動的に消滅すると、メフィストから聞いたことがある。

「死んじゃうんですよね？」

怯《おび》えきった表情で訊《き》いた。

「はて」

不意にせつらの首に白い腕が巻きついた。熱い肉がのしかかり、横倒しになったせつらの耳元で、

「ドクターを怨《うら》むわ。こんな私を生み出して——苦しめるだけじゃないの」

せつらは何も言わなかった。

熱い女の唇が重なり、激しく舌を絡めて来た。

春奈が求めているのは生の証《あかし》だった。それを叶《かな》えてやれる若者は、ようやくその背を強く抱いた。

春奈が硬直した。

「揺れたわ」

「だね」

「気をつけて。来るわ」

「視えた？」

「襲って来るところだけが。そこ！」

指さしたのは、店へと続くドアだった。

その前に黒い影が滲《にじ》み出してくる。

「阿呆《あほ》め」

せつらの罵倒《ばとう》は、この世界なら互角だという意味だ。

滲みはじめた影の首は、呆気《あっけ》なく斬り落とされた。

「外へ」

立ち上がるせつらへ、春奈が、駄目と叫んだ。

「？」

「幻視は二つあったの。ひとつは今やられた奴ら。もうひとつ——私の知らない場所で、あいつらに刺されるあなた」

「〈メフィスト病院〉へ行こう」

この辺の変わり身の早さは、せつらならではだ。

春奈は呆れ返ったようだったが、すぐに納得した。

「タクシーを拾います」

「いや」

急いで外へ出ると、せつらは身を屈《かが》めた。

「乗る」

乗れという意味だ。

春奈の手が首を巻くや、二人の身体《からだ》は宙に舞い上がった。

「凄《すご》い！」

春奈が眼を丸くした。風が髪をなびかせた。

妖糸は何処《どこ》に巻かれたものか。ビルの間を――瞬間にその上空を――地上を行く人々の頭の上を――そして、〈大ガード〉がぐんぐんと顔前に近づき、春奈が上げた悲鳴は、身体ごとその上を走って、〈大ガード〉ならぬ大ジャンプ一閃《いっせん》――鮮やかに〈メフィスト病院〉の正門前に下り立ったのである。


恐怖より驚きと興奮のあまり、呆然《ぼうぜん》と立ちすくむ春奈へ、

「早く」

とせつらは背中を押した。

「え？」

「今、別の仕事の相手を見つけた」

「ちょっと――危険です。それどころじゃないわ」

「仕事」

もう一度、〈病院〉を指さし、せつらは〈大ガード〉の方へ走り出した。

〈病院〉へ入るとすぐ、メフィストが現われた。

事情を話すと、

「勝手な男だな」

「本当に」

「病室にいたまえ」

メフィストは先に立って、一室へ春奈を導《みちび》いた。

入ってすぐ部屋中を見廻《まわ》し、春奈は西側の壁の前

で立ちすくんだ。

絵が架《か》かっている。

ベッドと椅子《いす》とテーブルと天井を下から描いたものだ。ただ、右半分は大きく削《けず》り取られて、蒼穹《そうきゅう》と入道雲《にゅうどうぐも》とが埋めている。

空中に浮かんだ室内なのだ。

「これを――幻視したのかね？」

とメフィストが静かに訊いた。

「そうです。でも、空の上だなんて」

「それが何か？」

「せつらさん――ここで射《う》たれるんです。とばないで！」

遥《はる》かな〈病院〉内で春奈が祈ったように、せつらは地上にいた。

かつて、〝ノーパンしゃぶしゃぶ〟とやらで勇名《ゆうめい》を馳《は》せた店舗が残る一角である。

〝監視糸〟を送る余裕はなかったが、今は、数千本の眼が目標を追いつめているのだった。

糸は地を這《は》い、宙を走って、あらゆる通行人の頭を額《ひたい》を肩を胴を脚《あし》をチェックしてせつらの指先に送って来るのだった。

いた。

〝ノーパンしゃぶしゃぶ〟のビルの前に立って、しみじみと建物を眺《なが》めている。過去の愉《たの》しい日々を懐古しているのかもしれない。

せつらはその地点へと足を速めた。

細い通りは風俗店や料理店に囲まれ、魚や貝を焼く匂いが立ち込めていた。

すぐそばまで近づき、

「真田《さなだ》さん？」

と声をかける。

男はふり向いた。若い顔はひどく温和だった。IT企業を経営する父に反抗して家をとび出し、〈新宿〉へ来たという反骨が、信じられなかった。

「君は……」

「人捜《マン・サーチャー》し屋。連れ戻してくれと父上から――」

ここまで言ったとき、通行人の中から、いかにもそっち関係といった服装と目付きの男たちが四人ほど現われて、せつらを取り囲んだ。

2

「誰だ、てめえは？」

「その男は借金焦《こ》げつかせたんで、おれたちが預かってる。おかしな真似《まね》したら承知しねえぞ」

「でも、散歩」

せつらは男たちを見廻した。ああ、たちまち溶けていく。恍惚《こうこつ》と溶けていく。

ひとりが、やっとのことで、

「そいつは〈区外〉の大企業の御曹司《おんぞうし》でな。傷でもつけちゃあまずいのさ。目下《もっか》、お金持ちのパパと交渉中というわけだ」

「わかったら、とっとと立ち去れ」

せつらは左手をのばした。真田は憑《つ》かれたみたいな表情で、ふらふらと歩いて、その手を摑《つか》んだ。

「待ちやがれ、金づる」

とその肩に手をかけた男は、自分の腕が手首を境に右と左に分かれるのを目撃した。

悲鳴が上がったのは、一秒後だ。路上に真紅《しんく》の滝がぶつかり、飛沫《しぶき》がとんだ。

「この野郎」

他の男たちが匕首《あいくち》を構えるが、もう一秒で全員が義手の世話になっていただろう。

だが、頭上から降って来た血の雨ならぬ音楽と宣伝文句が、それを許さなかった。

「――家具、調度すべて作りつけの、レンタル・ワンルーム――資料は後《のち》ほど。今はゆっくりとソファに腰を下ろしたまま、空中散歩を愉しんでみませんか？」

取り囲んだ人垣を突き破って、新たな男たちが突進して来た。

「くたばれ」

せつらを直視したヘナヘナ腰と、横合いからの勢い充分の匕首が殺到する。

「ああっ⁉」

どよめきは、見物人の洩《も》らしたものであった。

悲鳴と苦鳴を上げて、のけぞったのは、前方にいる仲間の刃《やいば》を受けた男たちであった。

せつらは？

彼は彼らの頭上にいた。不可視のチタン鋼の糸は、真田ともども空中から一角の人々を見下ろし、

「またね」

と真田もろとも空中マンションにとび込んだのである。

眼下で人々がどよめいた。

せつらは真田ともどもソファに腰を下ろして、

「このまま〈区外〉へ？　〈新宿〉にいるより安全」

と言った。

この部屋は、人々に見えるよう透明なガラスで覆《おお》われている。

二人が入りこんだそのドアが、ふたたび開いて、黒い影が入って来たのである。

せつらの反応よりも早く、右手の拳銃が鳴った。

せつらは前のめりに倒れた。春奈の幻視は、実質を得たのであった。

白い病室で女が悲鳴を上げた。

半狂乱に陥《おちい》る前に、ずっとドアの外で待機していたに違いないと思わせる速度で、白い医師がやって来た。

「どうしたね？」

「せつらさんが——射たれました」

嚙《か》みしめるように告げて、春奈はその場に昏倒《こんとう》した。

これもまた、〝幻視〟の実現であった。

春奈の叫びに、メフィストの双眸《そうぼう》が異様な光を帯びた。

「何処だ？」

メフィストは空中に左手を閃《ひらめ》かせた。

蒼穹が広がる——その中に、あのマンションの一室が浮かんでいた。気球でも、プロペラでもジェット噴射でもない。磁力飛行である。

「視えるか？」

とメフィストは、この光景を視ているらしい誰かに訊いた。

「はい」

男の返事があった。

「至急、駆けつけて、当院の屋上へ曳航《えいこう》したまえ」

「承知いたしました」

「後は待つしかできんな」

春奈の方へ眼を戻して、メフィストはやや眼を細めた。

ソファの肘《ひじ》掛けにもたれて、春奈も蒼穹に眼を据《す》えていた。必死——を超えた無常ともいえる表情は、噴《ふ》き出した汗から出来ているようであった。


その身体が、急速にかすんだ。

「いかん」

メフィストが前へ出た瞬間、春奈は元に戻り、その場に崩れ落ちた。

駆け寄って額に手を当てる。死人のように冷たかったが、春奈は眼を開いた。頰《ほお》を赤らめつつ、

「今から何をしても間に合いません。救えるのは、私だけ」

「視えないものまで視てはならんぞ」

「おわかりでしたか」

「無理は無理を呼び、それは周囲に広がる。今の〈新宿〉にはまずい」

春奈の頰を光るものが伝わった。

「……〈新宿〉なんかどうなったって構うものですか。私はあの人を救いたいだけです」

「何を視た？」

「あの人を救う光景を」

メフィストの指先が首すじに触《ふ》れた。春奈はまた

も崩れ落ちた。

　その姿から眼を離したメフィストの表情は、異様に冷たかった。

　唇が、ゆっくりとある形を作った。

　笑いであった。

「やむを得んな、せつらよ」

　低く命じた。

「秋せつらの回収は中止する。空中の個室ごと消滅させよ」

「了解しました」

　姿なき男の声も変わってはいなかった。

〈区役所〉の何処かから、何か危険なものが放たれた。

　それは母機の指示を小さな頭脳で受けながら、虚《こ》空《くう》の一点へと直進していった。

　真田は脈を取り、瞳孔を調べて、せつらがこと切れたことを確認した。

　射殺した影はもういない。

　壁に通信機がついていた。

　それを取って、声をかけた途端、彼の身体は部屋ごと炎に包まれ、四散《しさん》した。

　世にも美しい人捜し屋《マン・サーチャー》もろともに。

「間に合ったかどうか」

　メフィストの胸を占《し》めているのはこの問いであった。

　あのとき、春奈は〝幻視〟を強行した。せつらを救うべく、視えざるものを視ようと努めたのだ。

　それが失敗した、とはメフィストには思えなかった。

〈区役所〉のミサイルがすべてを丸く収めた？　確証など何処にもない。所詮《しょせん》は一生生活が安定している奴らのやることだ。

　次に起こるものが、平穏と判断できるまで、どれほどの時間と〝認識〟が必要となるだろう。

変化が生じても、五感がそれを認めなければ、意味はない。変化はそのとき通常の姿を取って人々を翻弄《ほんろう》するだろう。

ふと、記憶がささやいた。

メフィストは春奈を羽毛のように抱きかかえて、部屋を出た。

廊下を渡り、患者を乗せたストレッチャーと医師団とすれ違い、やがて、急な傾斜を下っていた。

ひとりではなかった。

下からも来る。

青い光の中に漂《ただよ》う傾斜路での邂逅《かいこう》は、五分ほど後に実現した。

「私をお忘れですか、ドクター？」

と訊いた女は、春奈の顔を持っていた。

だが、何と青ざめ、憔悴《しょうすい》しきっていることか。メフィストの抱《かか》えた春奈とは雲泥《うんでい》の差があった。

「そちらも無茶をしたようね」

とやつれきった春奈は、冷たい眼差《まなざ》しを与えて、

「何をしたかもわかるわ。ドクター、それを訊きに来たのではないの？」

「そのとおりだ。もうひとりの君が何をしたか、知っているのは君だけだ」

「それを教えたくて、地の底から出て来たのよ」

「あそこは、最重要患者が入る最高の病室だ」

「ええ、そうですとも」

やつれた春奈はうすく笑った。

「だから、こんなに元気になったわ。ドクター、そちらの私が視たものは、死からの復活よ」

メフィストは無言であった。知っていたのかもしれない。抱かれた春奈のほうは眠り続けているようだ。

「でも、無理矢理の幻視とは、視てはならないものを視ることを意味する。私がやつれたのは、そのせいよ。私と彼女は同じ存在なの」

だが、眠れる春奈は病み衰えてはいない。

やつれた春奈が、視線を落としたまま、

「罪なことをしたわね、ドクター」

と言った。

「かもしれんな」

とメフィストは応じた。

「だが、視たのは君たちだ」


せつらは、結局、真田を見つけられなかった。元〝ノーパンしゃぶしゃぶ〟のビルの前で、似たような男を見つけたが、別人であった。

あとは〈メフィスト病院〉へ戻るしかない。春奈が持っている。

彼はぶらぶらと〈歌舞伎町〉方面へと歩き出した。

そのとき――起こった。

天と地が回転するのをせつらは感じた。空は右へ。大地は左へ。

そして、沈んでいく。

建物も人もネオンも看板も、待ちかねていたように、垂直に落ちていく。

せつらは空中にいた。

勢いをつけて跳《と》んだ。

〈メフィスト病院〉の方へ。あそこはまだ安全という気がした。

このまま放っておけば、妖糸を巻きつけた建物に付き添うことになる。

大きなジャンプは、せつらを天の高みに飛翔させた。

〝反転装置〟は作動を始めていた。

音もたてず、微動だにせず、そこにあるだけとしか見えないメカの前には、白い医師と患者しかいなかった。患者のうちひとりはやつれ果て、いまひとりはソファの上で眠り続けている。

「動いているの、これ？」

やつれた春奈が訊いた。

「何とか」

機械らしいものは何ひとつついていない滑《なめ》らかな表面に、メフィストの姿が映っている。

「だが、厳《きび》しいものがある。最大のリスクは、こちらの森下さんだ」

「秋さんを甦《よみがえ》らせてしまったことね。でも、最終手段――ハルマゲドン・ウェイはあるわよ。ご存じでしょうけど」

「それには材料が決定的に不足している――」

と言いかけて、メフィストは沈黙した。すぐに、

「――訂正する」

ドアが開いて、せつらが姿を見せたのは、その瞬間であった。

「ようこそ」

「無事でよかった」

「上手を言うのはよしたまえ」

「そんなことないよ」

せつらはあっけらかんと否定した。

「外は大変だ。片端から沈んでいる」

のんびりとこう言ってから、やつれた春奈の方を向いた。

3

「視たものはこれ、い?」

春奈は眼を伏せて、

「そうよ」

消え入るような声である。もうひとりの春奈と瓜《うり》二つだが、せつらは気づいたようだ。

「〝視た〟のはそっちか」

メフィストの腕に抱かれた春奈が、うっすらと眼を開けた。

「まだ残っていたのね。何もかも地底に呑《の》み込まれたと思っていたのに」

「残念ながらね」

やつれた春奈が、きつい口調で言った。

「自分のしたことがわかってるの？　じきここだって地底に沈んでしまう。〈新宿〉はおしまいよ」

「私はそれでもよかった」

抱かれたままの春奈は言った。

「その人だけが無事ならば――ドクター、下ろしてください」

白い腕から下りたとき、床が激しく震えた。春奈はよろめいた。

揺れは、しかし、ぴたりと熄《や》んだ。余震も想像できない熄み方であった。

「どした？」

せつらが訊いた。

「〝反転装置〟がある」

「へえ」

「さすがエイリアンの技術、プラス、エドガー・ケイシーの力だ。破滅は逆転されてしまう」

空中に街が描かれた。同様に描かれるはずの地獄はなかった。

正《まさ》しく逆転映写のごとく、陥没した土地は建物と車と人々を乗せて盛り上がってきた。

「これで大丈夫だ」

メフィストの静かな宣言に、異議を唱《とな》える者はいなかった。

だが――

二人の春奈が宙の一点を見つめて、あっ⁉と叫んだではないか。

「何を視た？」

メフィストがやつれた春奈に鋭く、せつらはもうひとりのほうにのんびりと訊いた。

二本の手が〝反転装置〟を指さした。

「逃げて――爆発する！」

三人の眼前が白く染まった。

音はしなかった。全員を覆った白いカバーのあちこちに膨《ふく》らみが生じたが、たちまち元に戻った。

白いカバーは即座に消えた。

ケープを閃かせて、メフィストは室内を見廻し、

「他力本願はいかんな」

と言った。

〈新宿〉を救う魔法のメカは、おびただしい銀色の破片となって床に散らばっていた。

犯人は爆発物投擲《とうてき》の姿勢を崩さず、戸口に立っていた。

ベン・ケイシーであった。

「――影の世界に憑かれたか」

そうでなくては、ここまで、スタッフにもメフィスト当人にも知られず、侵入できるはずがない。

「破滅は、そこの――おまえのせいだ」

ケイシーは血走った眼で喚《わめ》いた。

「おまえさえ、その女をおれか米軍に渡していれば、こんなことにはならなかった」

一室の虚空で、ふたたび街は崩壊しつつあった。

ケイシーの周囲で影たちが人の形を整えつつあった。

「これはこれは」

前へ出ようとしたメフィストを、何かが止めた。

彼はふり返った。

せつらがいた。

いつもと同じ茫洋《ぼうよう》たる雰囲気で。だが、いつもと同じではない。いつもと変わらぬ美しさで、だが、いつもの美しさではない。

「せつら」

メフィストの声は恍惚としていた。

「私と会ってしまったな」

その声に含まれる異質さに、メフィストのみか影人さえ凍りついた刹那《せつな》、ケイシーが血祭りに、その身体は縦に裂けていた。

「素晴らしい」

とメフィストは恍惚とつぶやいた。

「だが。破滅は止まらん」

「いいや」

とせつらが言った。僕の彼か、私の彼か。

喘《あえ》ぎ声が二つ、それに続いた。

二人の春奈の放つ絶叫であった。声を合わせて、

「なんてものを……視せてくれたの。何てものを視てしまったのかしら」

白い手が、せつらへのびて、それから自分を抱きしめた。

「この街ごとあなたと一緒に滅びたかったけど――」

「――それはできない相談よね。あなたと最後まで添い遂《と》げられるのは、〈魔界都市〝新宿〟〉だけ」

「――さようなら」

身を屈めて、足下《あしもと》の金属片を掴み上げた二人へ、

「よせ」

歩み寄ろうとしたメフィストの身体が停止した。

「せつら」

「邪魔をするな」

冷血な声が、のんびりと響いて、空中の光景の上へ、崩れた天井が圧倒的な現実感と重量を伴《ともな》って、のしかかって来た。


「無事だって」

せつらは人工灯の下に、横たわる春奈たちを見下ろした。元の彼に戻っている。

「終わったようだ」

とメフィストも返した。

「〝幻視〟の現実化を防ぐには、幻視した者が死ぬしかない。〈新宿〉は一度だが救われた。君は何度目だ？」

「はて」

せつらの答えはこれであった。実際に覚えていないのかもしれなかった。

「二人は君のために死んだ。死体は私のほうで処理しよう。その前に、かける言葉は？」

「特に」

とせつらは答えた。ひたすら美しく、ひたすら茫洋と。

「ここは〈新宿〉だろ」

本書は書下ろしです。

あとがき

見てはならないものを見てしまう——というのは、ホラーにとって誠に便利なテーマであって、目撃したものが何であるにせよ、それに追いかけられる者の恐怖と不安が醸《かも》し出すサスペンスは、まず外れがない。怖がらせのテクニックは、何度繰り返されても揺るがないからである。

今回のテーマはこれだ。

〝視《み》て〟はならないものを〝視て〟しまった女性の物語は、随分《ずいぶん》と私を愉《たの》しませてくれたが、同時に苦しませてもくれた。

進まない。

このひと言。

前作『傭兵《ようへい》戦線』のときも酷《ひど》かったが、今回はそれに勝る。

いくら書いても一日五枚を超えないのである。

こんなはずはない、と怒っても、相手が自分では、まあまあと丸め込まれてしまう。我ながら情けない。

こうなると、自己催眠か悪魔の力でも借りてやる気を出すしかないが、前者は意志の力が必要だし、後者は喚《よ》び出す伝手《つて》がない。

結局、ニュースやDVDを観《み》たり、東雅夫《ひがしまさお》氏編の『クトゥルー神話大事典』を読んだり、往年のTV西部劇「バット・マスターソン」の主題歌を英語で歌ったりしたが、進まないものは進まないのである。

編集部で待っている担当のH氏や新人のM氏らが、荒くれをもって鳴る、これも元担当のH氏（国立大出）に罵倒《ばとう》されている光景を想起すると、同情の涙が溢《あふ》れて仕方がないのだが、泣いても原稿は進まない。

そこで、天の力でも借りようかと思い、友人のA氏に電話、原稿の進む呪文《じゅもん》というのを教授してもらった。

「イアイア　フングルイ　ムグルウナフー」

とか唱《とな》えていたら、A氏から折り返し電話があって、あれはクトゥルーを招喚《しょうかん》する呪文であると、涼しい声で言う。

どいつもこいつも死んでしまえと思っていたら、甘い声で電話があり、東北のファンからのものであった。

「急にごめんなさい〜ん。でも、先生とせつらさんのお話をしたくて。いま新宿にいるの〜」

招喚されたのは別のものだったらしいが、来た以上仕様がない。私は鼻歌を歌いながら、新宿へ向かい、楽しく焼肉を食べて帰宅した。

それでもやる気満々だったのだが、やはり進まず眠ってしまった。

仕上げた今でも、信じられない難行苦行の日々であった。

担当者、印刷所の方々には心から深謝いたします。

平成三〇年十一月某日

菊地秀行

「真木栗《まきぐり》ノ穴」（'08）
を観ながら。

P S. 映画館

「真木栗ノ穴」――ファンタジー映画だというので、期待もしないで観てみたが、これが立派なホラー。これまで何作か見たが気にも留《と》めなかった西島秀俊《にしじまひでとし》がいい。そして、何といっても、紫の花を散らした白いワンピースで、隣室の死美人を演じる粟田麗《あわたうらら》の素晴らしさ。なんと、三回も観てしまった。フィルモグラフィーのチェックも行ない、半日つぶしてしまったわい。

「××××」
松田優作《まつだゆうさく》主演の「遊戯シリーズ」（'78～'79）の一本。
執筆している場所が山の奥なので、家で見たタイトルが思い出せん。

とてもハードボイルドといえる代物《しろもの》ではないが、松田優作はさすがに、殺し屋役が嵌《は》まっている。

しかし、オートマチックを連射してから遊底《スライド》を引いて、空薬莢《からやっきょう》を一個ずつ排莢《はいきょう》する描写にはまいった。どう考えても物理法則を無視している。これはファンタジーか。

ノン・ノベル百字書評

幻視人

キリトリ線

なぜ本書をお買いになりましたか（新聞、雑誌名を記入するか、あるいは○をつけてください）

- □（　　　　　　　　　　　　）の広告を見て
- □（　　　　　　　　　　　　）の書評を見て
- □ 知人のすすめで
- □ タイトルに惹かれて
- □ カバーがよかったから
- □ 内容が面白そうだから
- □ 好きな作家だから
- □ 好きな分野の本だから

いつもどんな本を好んで読まれますか（あてはまるものに○をつけてください）

●**小説**　推理　伝奇　アクション　官能　冒険　ユーモア　時代・歴史　恋愛　ホラー　その他（具体的に　　　　　　　　）

●**小説以外**　エッセイ　手記　実用書　評伝　ビジネス書　歴史読物　ルポ　その他（具体的に　　　　　　　　）

その他この本についてご意見がありましたらお書きください

最近、印象に残った本をお書きください		ノン・ノベルで読みたい作家をお書きください	

1カ月に何冊本を読みますか	冊	1カ月に本代をいくら使いますか	円	よく読む雑誌は何ですか	

住所					
氏名		職業		年齢	

あなたにお願い

この本をお読みになって、どんな感想をお持ちでしょうか。

この「百字書評」とアンケートを私までいただけたらありがたく存じます。個人名を識別できない形で処理したうえで、今後の企画の参考にさせていただくほか、作者に提供することがあります。

あなたの「百字書評」は新聞・雑誌などを通じて紹介させていただくことがあります。その場合はお礼として、特製図書カードを差しあげます。

前ページの原稿用紙（コピーしたものでも構いません）に書評をお書きのうえ、このページを切り取り、左記へお送りください。祥伝社ホームページからも書き込めます。

〒一〇一－八七〇一
東京都千代田区神田神保町三－三
祥伝社
NON NOVEL編集長　日浦晶仁
☎〇三（三二六五）二〇八〇
http://www.shodensha.co.jp/bookreview/

NON NOVEL

「ノン・ノベル」創刊にあたって

「ノン・ブック」が生まれてから二年一カ月、ここに姉妹シリーズ「ノン・ノベル」を世に問います。

「ノン・ブック」は既成の価値に〝否定《ノン》〟を発し、人間の明日をささえる新しい喜びを模索するノンフィクションのシリーズです。

「ノン・ノベル」もまた、小説《フィクション》を通して、新しい価値を探っていきたい。小説の〝おもしろさ〟とは、世の動きにつれてつねに変化し、新しく発見されてゆくものだと思います。

わが「ノン・ノベル」は、この新しい〝おもしろさ〟発見の営みに全力を傾けます。ぜひ、あなたのご感想、ご批判をお寄せください。

昭和四十八年一月十五日

NON・NOVEL編集部

NON・NOVEL —1045

魔界都市《まかいとし》ブルース　幻視人《げんしびと》

平成30年12月30日　初版第1刷発行

著　者　菊《きく》地《ち》秀《ひで》行《ゆき》
発行者　辻　浩明
発行所　祥《しょう》伝《でん》社《しゃ》
〒101-8701
東京都千代田区神田神保町 3-3
☎ 03(3265)2081(販売部)
☎ 03(3265)2080(編集部)
☎ 03(3265)3622(業務部)
印　刷　萩原印刷
製　本　ナショナル製本

ISBN978-4-396-21045-8　C0293

祥伝社のホームページ・http://www.shodensha.co.jp/